I0642929

HEYDER,

AZEIMA, TYPOO-ZAEB;

HISTOIRE ORIENTALE,

Traduite de la Langue Malabare,

Par Ant. Fantin Désodoards.

TOME SECOND.

A PARIS,

Chez Barba, Libraire, palais du Tribunat, galerie
derrière le théâtre de la République, n°. 51.

AN XI. (1802.)

à mes yeux Corneille sera toujours sublime, Voltaire étonnant, et Racine inimitable.

HEYDER AZEIMA

ET

TYPOO-ZAEB,

HISTOIRE ORIENTALE.

CHAPITRE XXXV.

Heyder-Ali et Ferisha sortent de la vallée de Dinam.

Dix mois s'étaient écoulés depuis qu'Heyder et Ferisha habitaient la vallée de Dinam : ils commençaient à craindre qu'Hussein n'eût pas été le maître d'y revenir ; les jours leur paraissaient d'une longueur extrême, et des songes fàcheux troublaient leur sommeil durant les nuits.

Heyder ne pouvait bannir un seul

Tome II.   A

à mes yeux Corneille sera toujours

...terai pas moins que l'on se soit plu à environner la pensée de tant de barbares et ridicules entraves.

Mais je m'aperçois, mon cher frère, que je m'éloigne furieusement de mon objet. Je ne voulais que t'envoyer mon ouvrage en te demandant ton avis, et voilà que je m'enfile dans une dissertation très-propre à te faire dormir debout. Eh bien tant mieux! tu la mettras sous le chevet de ton lit, et du moins elle servira à quelque chose. O mon dieu! comme l'amitié est babillarde! Quand on cause avec son frère on n'a jamais tout dit. Cependant finissons: ma lettre sera tout à l'heure un volume; cela pourrait par trop t'ennuyer, et, en fait d'ennui, il faut du moins se faire des considérations pour ses amis. Adieu!

JE te dédie cet essai en témoignage d'amitié: tu le liras avec plaisir parce que tu m'aimes; et c'est encore parce que tu m'aimes que tu m'en diras naïvement ton sentiment. Tu fais à Dijon ce que faisait à Genève le père de Jean-Jacques: mais l'avis d'un horloger qui a de l'instruction et du goût, vaut bien, selon moi, celui d'un académicien qui n'aurait que de l'arrogance.

Placé dans d'autres circonstances peut-être aurais-je pu faire mieux mais il ne s'agit ici que de ce que j'ai fait. J'ai travaillé sans prétention: si j'ai un peu réussi, tant mieux! si j'ai échoué, je m'en console; c'est d'ailleurs si peu de chose qu'un roman, fût-ce même un poème épique, je

HEYDER,

AZEIMA, TYPOO-ZAEB.

instant de sa pensée l'impression cruelle que sa longue absence , et peut-être la nouvelle de sa mort, répandue par la renommée, devaient graver dans l'ame aimante de la triste Azeima. Il était profondément frappé de l'état d'anxiété où son sort incertain jetait sa famille. Pour faire quelque diversion à ses noirs pressentimens , il proposait souvent à Ferisha de descendre sur le rivage ; ils y passaient quelquefois des journées entières : le bruit des vagues et l'aspérité de cette solitude se coordonnaient avec l'incohérence de leurs sentimens tumultueux.

Ils parvinrent un jour jusqu'à l'entrée du souterrain. Cette vue se confondant dans leur imagination exaltée avec l'idée de Hussein , renouvelait les plus attristans souvenirs. Si des circonstances incalculables ne permettaient à ce généreux ami de tourner ses pas vers Dinam, ils devaient chercher dans leur courage les seules ressources qui leur restaient pour rentrer dans l'Indostan. Débul n'était éloigné que de quinze lieues : ne pouvait-on pas y arriver, en traversant de nouveau la grotte, et en se dirigeant sur les chaînes des montagnes les plus voisines de la mer ?

Cette résolution prise, les préparatifs du départ ne devaient pas être longs : Ferisha se munit d'un petit sac, formé de la même étoffe dont les habitans s'habillaient ; on le remplit de quelqu   poissons séchés au soleil, de fruits ratraîchissans, et d'une provision de fromage. Un grand vase fut choisi pour conserver de l'eau ; Heyder prit avec lui son diamant, sa ceinture ; on rassembla, à l'entrée du sentier supérieur, une grande quantité de branches de pin résineux, et des cailloux pour se procurer du feu nouveau, si l'ancien venait à s'éteindre. Ces provisions, portées secrètement à plusieurs reprises à l'entrée du souterrain, Heyder quitta le vallon de Dinam avec Ferisha, quoiqu'il leur en coûtât infiniment d'abandonner leurs bienfaiteurs ; ils instruisirent Luzein de leur détermination, par une lettre laissée dans leur case.

Jusqu'à présent , j'ai rédigé les faits qui se sont succédés , d'après les Mémoires apportés en France en 1787 , par les ambassadeurs de Typoo-Zaeb ; mais les circonstances de l'évènement que je vais décrire sont d'un tel intérêt, que pour les transmettre à mes lecteurs , je crois devoir employer une relation faite par Heyder-Ali-Kan lui-même , et regardée dans les Indes comme un des plus précieux monumens de la littérature orientale; c'est donc lui qui va parler.

« J'étais arrivé à l'entrée du souterrain avec Ferisha ; nous mîmes de nouveau en délibération si nous le traverserions pour rentrer dans le désert de Zend, ou s'il n'était pas plus avantageux de côtoyer le bord de la mer ; on m'avait dépeint si souvent cette dernière route comme impraticable, que je m'arrêtai au premier parti. Nous rentrâmes dans la caverne, et, sans aucun accident, **nous revîmes les broussailles qui lui servaient de vestibule du côté du désert.**

Pleins de courage, nous faisions route à l'est, guidés par la chaîne des montagnes, lorsqu'une troupe de cavaliers nous environne en un instant. Il ne fut pas même question de nous défendre ; les voleurs nous dépouillèrent, et nous forcèrent de les suivre : voyant que nous ne marchions qu'avec peine, ils nous firent

Contraste insuffisant

NF Z 43-120-14

monter sur des chameaux ; ce procédé ne venait pas de leur humeur généreuse , ils craignaient d'être privés par notre mort , du prix qu'ils espéraient retirer en nous vendant.

Pendant un mois , nos ravisseurs ne tinrent aucune route fixe. Ils paraissaient n'avoir d'autre but que d'augmenter le nombre de leurs esclaves. Comme ce désert leur était parfaitement connu , on s'arrêtait chaque soir dans des vallées couvertes d'arbres et arrosées par quelque ruisseau. Je fus surpris de la quantité de sources et de petites rivières qui se présentaient devant moi depuisque j'étais prisonnier , tandis que j'en avais rencontré si peu lorsque je traversais ce désert l'année précédente.

CHAPITRE XXXVI.

Ils sont faits esclaves.

Les voleurs se rapprochèrent enfin de la mer; nous savions qu'ils séjournaient quelquefois long-temps sur la côte , pour attendre les vaisseaux arabes. Il paraissait aisé de nous échapper à la faveur de la nuit, et de trouver une retraite dans la vallée de Dinam ; cette idée offrait une perspective dont la couleur allégeait nos peines.

On marcha vers la caverne qui m'était connue. Les voleurs , en y entrant , allumèrent un grand nombre de flambeaux pour éclairer leur marche. Je ne revis pas sans émotion ce souterrain que j'avais déjà traversé deux fois, et dont cependant je ne connaissais pas toutes les parties. Je

fus alors convaincu que c'était une
suite de grottes les unes plus grandes,
les autres plus petites, mais tellement adaptées les unes aux autres,
qu'on devait en considérer l'ensemble
comme une route souterraine formée
par la nature, pour communiquer du
désert de Zend au bord de la mer, et
que celui qui, sans lumière, s'enfon-
çait dans ce réduit obscur, était à
peu près sûr d'en sortir, s'il suivait
constamment la même direction, et
sur-tout s'il consultait un courant
d'air très-prononcé, dont l'action
suffisait pour montrer la route.

Vers le milieu des grottes, une
fontaine sort à gros bouillons
d'une conque granitique, régulièrement taillée en parallélogramme, qui
ressemble à un portique entr'ouvert.
Son eau limpide coule quelque temps
sous les pieds du spectateur avec un
doux murmure, et se perd entre plu-

sieurs crevasses dans le rocher : rien, dans les travaux des hommes , n'approche de l'éblouissant tableau que présentent les environs de cette fontaine , lorsque la lumière des flambeaux en répercute l'éclat fantastique. La voûte paraît formée par un incroyable rassemblement de pierres précieuses de toutes couleurs : des stalactites d'une forme singulière , tapissent les parois ; les unes sont de l'espèce de marbre veiné couleur d'onyx, connu sous le nom d'*albâtre oriental ;* les autres d'un crystal de roche qui efface la blancheur du diamant. Ces stalactites représentent des pyramides, des colonnes , des statues, des vases, travail bizarre opéré lentement dans les flancs de la terre par le concours continuel d'une eau chargée de parties lapidifiques, tombant goutte à goutte à travers la voûte de ces cavernes.

On arriva en peu de temps au bord
de la mer : les vaisseaux arabes nous
attendaient à la côte ; nous fûmes
vendus dès le même jour à de nouveaux maîtres, qui nous mirent à la
chaîne dans un entre-pont.

Mon peu de philosophie m'abandonna, lorsque toutes mes espérances
s'évanouissaient à la fois. Je me livrai
à mon désespoir; Ferisha, enchaîné à
mes côtés, cherchait vainement à me
consoler ; sa contenance ferme accusait tacitement ma faiblesse ; mais
tous les hommes n'ont pas une ame
de la trempe de celle de Ferisha.

Ces philosophes qui, dans la tranquillité de leur cabinet, critiquent
froidement les actions des hommes,
m'accuseront sans doute de lâcheté.
Il est aisé de braver le malheur en
idée, lorsqu'on n'en ressentit jamais
les mordantes atteintes ; mais les ames
sensibles et généreuses m'accorderont

de la pitié. C'est la ressource qui reste au malheureux, après la perte des autres.

La paix, que je voyais briller sur le front de Ferisha, retenait mes larmes prêtes à s'échapper de mes yeux. Je n'en étais que plus à plaindre ; elles auraient soulagé mon cœur resserré par le chagrin. Je n'osais regarder mon ami ; il me parlait, à peine entendais-je ses paroles ; d'ailleurs, tout ce qu'il pouvait me dire manquait alors son effet. L'agitation de mon ame était trop violente pour recevoir aucun sentiment modéré. La mort ! la mort ! m'écriai-je d'une voix sépulcrale, voilà le seul terme de mes infortunes : eh ! quelle part voulez-vous que je prenne à la vie, ami cruel ! pourrais-je me dissimuler l'horreur de ma situation ? J'ai tout perdu ; je ne reverrai plus ce que j'ai de plus cher au monde ; il n'est plus pour moi ce bien qui m'attachait à l'existence.... Elle me reste encore ; c'est un fardeau trop accablant pour moi ; il m'opprime, j'en serai bientôt délivré.

Je pensais en effet que la mort terminerait bientôt mes peines. Ferisha s'affligeant avec moi, employait la seule tournure dont la délicatesse pouvait frapper l'organe de ma sensibilité.

Un mousse apporta notre souper : c'était du bœuf salé, un peu de riz, et de l'eau ; nous ne prîmes qu'un peu d'eau. Quelle affreuse nuit je passai auprès de Ferisha ! étendus sur des planches, environnés par nos compagnons d'infortune, aussi maltraités que nous, et trop occupés de leur affliction pour prendre part à la nôtre, si je formais des vœux, c'était que le vaisseau s'abîmât, et nous engloutît dans les profonds abîmes de l'Océan.

Au jour naissant, je sentis mes forces m'abandonner. Je fermai les paupières, espérant de ne plus les rouvrir : je dis à Ferisha un adieu que je croyais éternel. Lorsque je repris mes sens, je restai si faible, que je ne pouvais plus me soutenir sur mes pieds. L'épuisement avait opéré sur mon ame le changement que Ferisha tentait vainement d'y introduire par la douce persuasion. Mes mouvemens n'étaient plus convulsifs, je jouissais d'une tranquillité apparente.

Mon ami connaissait la fougue de mon tempérament. Il fut effrayé de l'état léthargique dans lequel il me voyait : faisant un effort sur lui-même, il me dit ce peu de paroles : Vous voulez mourir, Heyder ; vous voulez m'abandonner ; comment me présenterai-je désormais devant votre famille désolée ?

Oui, Ferisha, répondis-je d'une

voix faible et mal articulée , je
meurs...; la mort seule pouvait me
séparer de vous ; voyez la pâleur répandue sur mon visage ; j'éprouve
un frissonnement, avant-coureur de
mon dernier moment. La mort me
couvre de son ombre : adieu , mon
ami... adieu , Ferisha ; je vais jouir
du repos. Eh bien ! mourons , reprit
le vertueux Ferisha ; mourons ensemble. O mon ami ! la mort est la
ressource d'un homme qui n'en a
plus ; nous serons enfermés dans le
même tombeau ; la mer nous recevra
dans ses profondeurs immenses ; nos
ames s'envoleront de compagnie dans
le sein de l'Etre suprême.

Ferisha savait que les passions hu-
maines s'irritent lorsqu'elles sont
contrariées; il affaiblissait l'horreur
de mon désespoir, en feignant de le
partager ; mais dès qu'il s'apperçut
que son approbation rendait un peu

de calme à mon esprit troublé, il me présentait des calculs de probabilité, sur lesquels il paraissait me consulter. Il observait que, malgré notre captivité dans les contrées les plus lointaines, les plus barbares, il me serait aisé d'informer mes parens aux Indes de notre situation, et que nos maîtres, dans l'espoir d'une forte rançon, favoriseraient notre correspondance. D'ailleurs, en mourant, nous nous trouvions, à la vérité, à la fin de nos peines ; mais nous préparions le désespoir de toutes les personnes qui s'intéressaient à notre sort.

Il concluait que le côté le plus tragique de notre aventure se bornait dans les incommodités de notre navigation.

Sur ces entrefaites, on nous apporta notre dîner ; Ferisha me proposa de prendre quelque nourriture avec lui. C'était, me disait-il, pour

nous mettre en état de réfléchir avec
plus de sang-froid sur le parti que
nous prendrions ; voyant que je re-
venais perpétuellement sur nos malheurs, il réveilla ma curiosité en me
parlant des siens. Il me fit part de
quelques circonstances déchirantes de
son voyage de Batavie, qu'il m'avait
cachées, pour ne pas trop émouvoir
ma sensibilité.

CHAPITRE XXXVII.

On les conduit à Bassora. — Ferisha et Heyder sont vendus séparément. — Heyder est acheté par Zama.

LE récit de Ferisha affaiblit ma douleur en la partageant sur divers objets. Notre navigation fut heureuse ; nous abordâmes, le dix-huitième jour, à Bassora , ville située à quinze lieues au-dessus de l'embouchure de l'Euphrate, dans la province appelée *Iraque* ou *Diarbek*. Le capitaine rassemblait sur son bord un grand nombre d'esclaves; il nous exposa en vente dans un marché public appelé *Bazar :* c'est une grande halle, sous laquelle on nous dépouilla de nos habits , sans égard pour l'honnêteté et la pudeur. Nous restâmes

A. 2

nuds , exposés aux regards d'une multitude qui nous marchandait comme des chameaux. La plupart de nos compagnons de voyage furent bientôt vendus.

Je me cachais dans les bras de Ferisha : on ne nous laissa pas long-temps ensemble; Ferisha , dans la force de l'âge , paraissait robuste et d'un bon service. Il fut marchandé par plusieurs individus dont je n'entendais pas la langue; mais lorsque son nouveau maître l'arracha de mes bras , je crus qu'on me déchirait les entrailles : non , quand mon ame se séparera de mon corps , je n'endurerai pas un aussi cruel tourment. Je le suivais obstinément sans vouloir m'en séparer. Deux hommes me retinrent avec violence dans le Bazar; la fureur que j'éprouvais m'empêcha d'entendre les adieux de mon ami , et les avis qu'il me donna sans doute.

Je poussais des cris capables d'attendrir les cœurs les plus féroces. Je me roulais dans la poussière, j'arrachais mes cheveux, et dans l'accès de mon délire, je cherchais à m'ôter la vie. Personne ne se présentait pour m'acheter. J'atteignais à peine ma dix-neuvième année ; mais la fatigue et l'abstinence m'exténuaient tellement, que je ressemblais plutôt à un squelette vivant, qu'à un jeune homme dont l'âge donnait des espérances ; mes cris déchirans attirèrent enfin sur moi quelques marchands, et principalement une jeune veuve, nommée *Zama*, qui passait en palanquin auprès du Bazar.

Les femmes sont plus sensibles que les hommes. Zama, touchée de mon désespérant abandon, m'acheta, me fit rendre mes habits, et ordonna de me porter dans sa maison ; l'excès de ma faiblesse ne me permettait pas de marcher. L'acquisition de Zama était d'autant plus vivement critiquée par les spectateurs, qu'on ne me donnait que deux heures d'existence.

Zama était une femme de vingt-deux ans, parfaitement belle ; la mort de son mari, après cinq ans d'un heureux hyménée, la mettait en possession d'une fortune immense. Excédée par une foule d'amans qui courtisaient peut-être autant ses richesses que sa personne, elle leur faisait un accueil assez favorable pour ne les pas décourager, sans se décider en faveur d'aucun d'eux. Son cœur compatissant s'attendrissait sur le sort de tous les malheureux ; son ame céleste ne connaissait pas de plaisir comparable à celui de faire du bien. Ce caractère lui conciliait l'estime de toute la ville, tandis que dans sa maison elle était adorée par ses esclaves, qu'elle traitait en mère plutôt qu'en maîtresse.

CHAPITRE XXXVIII.

Captivité de Bassora.

Réduit à une espèce d'anéantissement, par la violence des efforts auxquels je me livrais depuis le départ de Ferisha, je me laissai conduire chez Zama, sans opposer la moindre résistance, ni proférer une seule parole. On me déshabilla, on me mit dans un bon lit. Les fatigues que je venais d'essuyer servirent sans doute de réaction à ma douleur ; je m'endormis profondément jusqu'au lendemain.

Ma surprise fut extrême à mon réveil, de me trouver si bien couché. Je ne concevais pas comment un esclave pouvait éprouver un traitement aussi humain : je m'habillais à la hâte, lorsque je vis entrer dans ma chambre une femme de dix-huit ans qui m'apportait un potage.

Tandis que je le prenais, cette femme m'adressa plusieurs fois la parole dans une langue que je n'entendais pas. Je la regardais avec émotion, comme pour démêler dans ses yeux les sentimens que je lui inspirais : rassuré par la douceur de ses regards, je lui demandai en langue malabare quelle était ma situation, et si j'étais libre. Je compris à son embarras qu'elle ne me comprenait pas ; je me servis inutilement de la langue tartare ; enfin je répétai les mêmes questions en persan, dont je ne savais que quelques phrases.

Luzine, c'est le nom de cette femme, me répondit dans cette langue que j'étais esclave ; mais que le ciel me protégeait sans doute, en ordonnant que je fusse tombé dans les mains de Zama : elle ajouta que sa bonne maîtresse, touchée jusqu'aux larmes de l'état souffrant dans lequel je me trouvais parmi les captifs du Bazar, l'avait chargée de me procurer une prompte guérison, et de lui rendre compte du succès de ses soins. J'assurai Luzine que ma maladie n'avait d'autre cause que les affections de l'ame les plus fâcheuses ; j'éprouve cependant que le repos de cette nuit m'a rendu des forces auxquelles je ne m'attendais pas : vous pouvez dire à ma maîtresse, que dans l'excès de mon infortune, je regarde l'avantage de lui appartenir comme la chose la plus heureuse qui pût m'arriver, et que j'espère qu'elle ne se repentira pas de m'avoir acheté.

Luzine me quitta, en me disant qu'elle reviendrait bientôt. J'achevai de m'habiller, et, me sentant un peu de courage, je descendis dans les jardins. L'espérance est le dernier sentiment qui s'éteint dans le cœur de l'homme, je l'éprouvais alors. Le début de ma captivité se présentait à mes yeux dans un jour si favorable, que j'en entrevoyais l'issue agréable et prochaine; j'espérais de retrouver aisément Ferisha, dès que je serais en état de payer sa rançon; je repaissais mon imagination de chimères : la plupart des hommes ont-ils souvent d'autres plaisirs ?

A peine je rentrais dans ma chambre, que je vis revenir Luzine; elle m'apportait à manger. On enseigne à Bénarès qu'il existe dans la nature un fluide sympathique, dont l'effet prompt et invisible entraîne quelquefois deux personnes l'une vers l'autre, dès le moment de leur première entrevue : cette puissance agit sans doute sur le cœur de cette fille; elle conçut pour moi la plus tendre inclination. Je l'attribuais à la compassion qu'inspirent les malheurs éprouvés dans la première jeunesse. Je

Je ne savais à qui me confier pour parler de ma rançon ; j'étudiais le caractère de Luzine, et lorsque j'eus reconnu sa franchise, je lui donnai une confiance entière, dont jamais elle n'abusa.

Quelques jours après mon arrivée chez Zama, cette dame me fit appeler dans son appartement ; je la trouvai sur un canapé de damas des Indes broché en or: elle m'ordonna de m'approcher, et me fit asseoir sur une estrade, au pied du sopha.

Jeune homme, me dit-elle en langue persane, l'état d'angoisse dans lequel je vous ai vu sous le Bazar, fit sur mon ame une impression fâcheuse et durable ; à peine sortez-vous de l'enfance. L'abattement qui change vos traits, ne me fait pas assez d'illusion pour me cacher que vous n'êtes point né dans l'état où le sort vous a réduit dès l'âge le plus tendre. Con-

solez-vous , votre maîtresse veut essuyer vos larmes ; je vous tiendrai lieu
de mère , et je vous remettrai dans les
bras de vos parens. Elle m'engageait
à lui confier mon nom, et l'évènement
qui m'avait jeté dans les mains des
Arabes.

Je me fis un devoir de satisfaire ma
maîtresse , sans compromettre le secret des affaires dont j'étais chargé.
Je lui fis part du nom de mon père , et
du rang qu'il tenait à la cour de Delhy. Le récit des circonstances bizarres , dont l'enchaînement m'avait
conduit à Bassora , intéressa vivement Zama ; elle m'assura, lorsque
je la quittai , de tous les soins qu'elle
allait se donner pour me rendre le
repos.

Quinze jours s'écoulèrent sans que
je revisse ma maîtresse. Je n'étais pas
en liberté , mais je m'appercevais à
peine de ma captivité. Luzine m'ap-

portait à manger trois fois le jour.
Nous passions souvent ensemble des
heures entières, et, malgré le peu d'an-
cienneté de notre connaissance , j'é-
tais si avant dans ses bonnes graces ,
qu'elle me fit part de la série d'évènemens qui l'avaient conduite dans
la maison de Zama.

CHAPITRE XXXIX.

Histoire de Luzine, esclave de Zama.

Luzine naquit dans Erivan, capitale de l'Arménie persane: son père, membre de l'Uléma, avait quitté cette profession pour celle du commerce; il vint fixer son séjour avec sa famille dans Bander-Konron, petit port de mer sur le golfe d'Ormus: ses premiers voyages aux Indes lui réussirent si complètement, qu'en moins de six ans, il s'était procuré une fortune honnête. Heureux s'il n'eût pas cherché à l'augmenter encore! L'ambition le perdit: il périt en revenant du Tunquin; la plus grande partie de ses richesses fut ensevelie au fond de la mer; sa femme ne survécut pas à cette catastrophe: ils laissèrent les débris de leur commerce à leur fille Luzine, âgée de six ans.

Une vieille tante qui vivait dans la retraite, se chargea de l'orpheline : c'était une Musulmane zélée du nombre des veuves, que les Dervis appellent *Santones*, attachée avec scrupule à toutes les observances minutieuses de la loi; elle n'entretenait sa pupille que des prodiges opérés par le grand prophète; elle répétait à ce sujet cent contes ridicules. La vieille élevait Luzine dans une grande contrainte, et Luzine commençait à supporter impatiemment les entraves dont on entourait ses pas. Parvenue à sa quinzième année, elle était sans expérience.

Un jeune homme, parent de la tante, seul de son sexe, jouissait du privilège de venir chez elle. Il dit le premier à Luzine qu'elle était belle; la conversation devenait intéressante, lorsque la vieille parut ; les jeunes gens ne se parlèrent plus que des yeux.

Hybrain, c'est le nom du jeune homme, sortit ; Luzine tomba dans une mélancolie involontaire ; elle rêva toute la nuit à son amant, et lui écrivit le lendemain, sans savoir comment elle lui ferait parvenir sa lettre. Hybrain ne revint chez la tante que quatre jours après. La crainte d'effaroucher cette santone, avait prescrit cette attention. Luzine profita d'un instant où sa tante ouvrait une des croisées de son appartement, pour remettre à l'heureux Hybrain la lettre qu'elle avait écrite pour lui. Le jeune homme apporta la réponse deux jours après. On pense bien qu'il jurait à sa maîtresse un éternel attachement : Luzine écrivit plusieurs fois à son cousin ; leur amour s'enflammait par les difficultés ; il devint enfin si violent, que Luzine, pour jouir sans l'inspection de sa tante, de la conversation de son ami, consentit à se laisser enlever.

La difficulté de l'entreprise consistait dans le choix du temps et du lieu. Luzine était gardée à vue par sa tante, qui ne sortait presque jamais : cependant, elles allaient faire de temps en temps leurs prières dans une mosquée hors des murs de la ville. Les jours de ces petits pélerinages dépendaient du caprice de la santone. Ces considérations n'arrêtent pas l'amoureux Hybrain ; il s'assure d'une écurie dans les environs de la mosquée ; il y place un excellent cheval arabe, pour s'en servir dans l'occasion.

Hybrain, incertain du moment qui devait couronner son amour, parcourait chaque jour les environs de la mosquée. Après deux mois d'attente, il apperçut enfin Luzine, la santone et une esclave qui marchaient vers la mosquée ; il se hâte de se préparer au départ. Luzine, prévenue du stratagême qu'il fallait employer, n'était pas plutôt dans la mosquée, qu'elle prétexta un besoin pressant qui la forçait de sortir pour un instant, accompagnée de son esclave. Son amant l'attendait sous le portique ; il la prend dans ses bras, l'emporte sur son cheval, y monte lui-même, et court à toute bride.

La tante, instruite un moment après de cet évènement, remplissait en vain la mosquée de ses cris ; les amans ne les entendaient pas. Ils marchèrent toute la nuit, et le lendemain, au lever du soleil, ils arrivèrent à Cango, et se marièrent.

Ils apprirent, quelque temps après, que l'évasion de Luzine avait si fort affecté la santone, qu'elle était morte de chagrin. Cette nouvelle détermina les nouveaux époux à revenir dans Bander-Konron pour arranger leurs affaires de famille; ils prirent la route de la mer.

A deux lieues de Cango, un vent de terre s'élevant tout à coup, poussa le navire en pleine mer. Les matelots manœuvraient vainement pour se rapprocher du rivage ; le gros temps dura toute la nuit ; on reconnut le lendemain les côtes d'Arabie, près de Ras Ollima. Le patron ordonna de revirer de bord, pour traverser une seconde fois le golfe Persique, ou pour se réfugier dans des îles qui forment un petit archipel, vers les environs d'Olmuts. Un corsaire arabe ne leur en donna pas le temps ; il s'empara de leur navire, après un léger combat, dans lequel Hybrain fut tué à côté de son épouse en la défendant. Le corsaire conduisit sa prise à Bassora, où Luzine fut achetée par

la mère de Zama, qui la mit auprès
de sa fille. Zama lui rendit la captivité si douce, qu'étant devenue la
confidente de sa maîtresse, elle avait
oublié sa patrie.

CHAPITRE XL.

Heyder-Ali-Kan fait confidence à Luzine de l'opulence de ses parens. — Zama lui rend sa liberté.

LA confidence de Luzine m'autorisait à lui faire part du desir que j'avais de me rendre à Hispahan ; je lui laissai aussi entrevoir que j'appartenais à des parens qui paieraient ma rançon au plus haut prix, et qui récompenseraient généreusement les soins qu'on aurait pris de moi durant ma captivité.

Luzine me répondit, comme avait fait sa maîtresse, que les malheurs n'avaient pas si fort altéré mes traits, qu'on ne s'apperçût, en me voyant, que je n'étais pas né pour l'esclavage. Les bons traitemens que je recevais m'avaient rendu, dans l'espace de

moins d'un mois, une fraîcheur que
je n'espérais pas de recouvrer en si
peu de temps. C'est l'avantage de la
jeunesse, de se remettre aisément des
maladies les plus violentes et des plus
grandes fatigues.

Luzine vint un jour chez moi plutôt qu'elle ne venait ordinairement.
Vous êtes surpris, me dit-elle en entrant, de me voir à l'heure qu'il est;
je vais vous étonner bien davantage.
Hier au soir, après vous avoir quitté,
j'eus sur votre compte une longue
conversation avec ma maîtresse; elle
demandait si j'étais instruite de votre
nom, de votre patrie, et de l'état de
vos affaires.

Je la connais trop bien pour faire
difficulté de m'ouvrir avec elle; j'espère que vous approuverez mon in-
discrétion. Tu vois, ma chère Luzine, me répondit Zama, si l'on doit
compter sur les dons de la fortune :

comment les hommes donnent-ils tant
de prix à ses faveurs orageuses, dont
l'inconstance surpasse celle du vaste
Océan ? Que je plains ce jeune homme !
mais ses parens sont plus à plaindre
encore. Elle m'ordonnait de m'informer des moindres circonstances de
vos voyages, et sur-tout de ne rien
épargner pour rendre la tranquillité
à votre esprit.

Les ordres de ma maîtresse sont
trop conformes au vœu de mon cœur,
pour n'être pas exécutés ponctuelle-
ment : eh ! que ne puis-je, au prix de
mon existence, vous rendre tout ce
que vous avez perdu ! Zama vous at-
tend dans son appartement à dix
heures ; elle veut s'entretenir avec
vous ; vous lirez dans ses yeux le tendre intérêt que lui inspire l'état présent de votre fortune, quand même
elle ne vous en parlerait pas elle-
même.

Peut-être même y verrez-vous des sentimens qui vous seront encore plus avantageux. Ma maîtresse s'attache à vous, répondez à ses vues par une confiance sans bornes. Qu'il m'en coûte de vous donner de semblables conseils, et qu'ils sont contraires à mes intérêts! mais en ai-je de plus chers que ceux de votre bonheur? Je ne compte ici pour rien tout ce qui peut m'arriver, pourvu que vous soyez heureux.

Luzine prononçait ces dernières paroles en versant quelques larmes. Je fis mille réflexions, lorsqu'elle m'eut quitté, sur la bizarrerie de mon étoile. Je ne pouvais douter que cette femme ne ressentît pour moi une inclination à laquelle la situation de mes affaires ne me permettait pas de répondre. Elle ne m'avait jamais parlé de cette inclination que d'une manière ambiguë; je résolus, pour ga-

gner du temps , de feindre que je
n'entendais pas le vrai sens de ses paroles.

Sur les dix heures, avant midi , je
me rendis à l'appartement de Zama ,
suivant l'ordre qu'on m'avait donné.
Cette dame me reçut avec une politesse que je ne devais pas attendre de
ma maîtresse. Je me jetai à ses genoux , pour la remercier de la géné-
rosité dont elle usait à mon égard.
Zama me fit relever ; elle me donna
sa belle main à baiser : j'étais debout
devant elle ; je fus obligé , pour ne
pas lui désobéir , de m'asseoir sur un
tabouret placé auprès de son sopha.
Je vous ai fait venir, Heyder , pour
concerter avec vous la manière dont
je puis vous être utile ; je veux que
vous me regardiez comme votre
amie.

Nous habitons une ville remplie de
marchands de toutes les parties du

monde ; écrivez à vos parens , et, dès que vous aurez reçu leurs ordres , vous serez libre de les exécuter. Ne craignez pas que je profite de l'opulence de votre famille pour exiger de vous une plus forte rançon ; je n'ai pas prétendu acheter le droit de vous vendre , en donnant au corsaire l'argent qu'il voulait avoir de vous. Mon intention ne fut que de vous arracher de ses mains , et de vous procurer du soulagement; vous me rendrez, quand vous le trouverez bon , la somme que j'ai payée pour vous obliger, et si je vous ai fait quelque bien , je veux que votre cœur soit chargé seul de la reconnaissance.

Je n'ignore pas que le sort vous a séparé d'un homme que vous aimez, et auquel la charge de votre conduite fut confiée par votre famille. Si l'ami que vous regrettez réside dans l'étendue de l'Iraque , je vous réunirai bientôt.

Quelques personnes qui venaient
dans l'appartement de ma maîtresse ,
interrompirent notre conversation.
Zama me fit signe que nous nous re-
verrions : Luzine m'attendait ; je prenais le chemin de ma petite chambre;
elle m'apprit que je n'y logerais plus.
Je la suivis dans mon nouvel appartement; sa magnificence me frappa : je
crus un instant que Luzine se mo-
quait de moi. Sur ses instances , j'en
pris possession à tout évènement.

Je vis un magnifique habillement à la
turque. Luzine m'avertit qu'il m'était
destiné , et que je pouvais m'en revê-
tir sur-le-champ , parce que je devais
dîner le jour même avec Zama ; elle
sortit alors pour me donner le temps
de faire ma nouvelle toilette. Je cherchais en vain la cause du traitement
que j'éprouvais; j'en fus instruit quelque temps après ; c'était la suite des
questions que Zama m'avait faites à

mon arrivée à Bassora, mais sur-tout
de ma confiance en Luzine, dès les
premiers jours de ma captivité.

Luzine, à qui j'avais appris que
j'étais né dans l'Indostan, attribuait
la langue persane que je parlais assez
mal, aux combinaisons de l'éduca-
tion la plus soignée : elle en concluait
que mes parens étaient encore plus
grands seigneurs que je ne l'avais dit.
Je lui avais parlé vaguement des
liaisons de Nadim avec Nader-Schas,
roi de Perse.

Quoique la guerre subsistante entre
les Portes de Constantinople et d'Hispahan eût diminué le grand commerce de Bassora avec cette dernière
capitale, tant d'étrangers affluaient
cependant dans le port, qu'à force de
recherches, Zama découvrit des marchands qui avaient accompagné Nader-Schas dans son expédition de Delhy. Elle s'informa d'eux, si, parmi

les généraux de l'empereur Mogol, ils avaient entendu parler d'un prince indou, nommé *Nadim-Zaeb.*

Ceux auxquels elle s'adressait n'étaient que très-médiocrement instruits d'objets étrangers à leur commerce ; cependant, leurs réponses eurent quelque conformité avec ce que j'avais dit en secret à Luzine. Dès-lors on cessa de me confondre avec ces aventuriers habiles à inventer des fables pour surprendre la crédulité, et changer en leur faveur les chances d'un sort contraire.

Zama ressentait pour moi une inclination violente qu'elle combattait en vain. Ces recherches superficielles lui parurent suffisantes pour justifier les sentimens aux yeux de sa raison. Cette dame résolut de m'offrir sa main et sa fortune : tel fut le principe des bons traitemens que j'éprouvais, et qui ne firent qu'augmenter dans la suite.

J'achevais de m'habiller , lorsque Luzine rentra chez moi; la bonne grâce qu'elle me trouvait dans ma nouvelle parure , lui fit jeter un cri d'admiration, dont je ris de bon cœur. Elle fit cent folies autour de moi ; prenant ensuite le ton sérieux : je vois bien que vous allez devenir notre maître; ô Heyder! que l'esclavage me paraîtra doux !

Des esclaves vinrent me prévenir d'une manière respectueuse que leur maîtresse m'attendait. Je passai sur-le-champ dans son appartement ; Zama me fit asseoir auprès d'elle sur le même sopha. Notre conversation roula sur ma famille ; elle me demanda si j'avais donné de mes nouvelles à mon père, et m'ordonna d'écrire de nouveau. Plusieurs vaisseaux mouillent dans le canal, prêts à faire voile pour le Malabar et le Bengale ; servez-vous de cette voie, vos lettres seront recommandées aux capitaines des navires par le pacha de Bassora. Soyez convaincu qu'elles ne s'égareront pas, pourvu que dans le port des Indes, où les navires aborderont, quelqu'un de votre connaissance les reçoive, et les fasse parvenir à leur adresse.

On avertit que nous étions servis. Je dînai seul avec Zama. Sa mère, qui demeurait avec elle, était alors à la campagne. Après-dîné, nous rentrâmes dans son appartement, et nous passâmes presque toute la soirée ensemble. Zama m'avait dit en entrant que mon air aisé, mes manières nobles et fières décelaient ma naissance que je cacherais en vain. Après quelques complimens de cette nature, où son cœur avait la plus grande part, elle me promit de me présenter, les jours suivans, aux femmes qui composaient sa société, afin de me pro-

curer de l'agrément, pendant le temps
que je passerais dans Bassora.

Je me retirai de bonne heure, et je
me couchai. Quelle nuit je passai!
quelle différence avec celles qui
l'avaient précédée, depuis mon départ de la vallée de Dinam! Les aventures de ma vie se peignaient dans
mon imagination ; j'en admirais
l'étrange tissu, la vérité des maximes
de Ferisha me frappait ; je me souve-
nais avec étonnement des différentes
occasions dans lesquelles cet homme
vertueux m'avait assuré que l'ordon-
nateur des mondes n'abandonnait jamais les gens de bien, et qu'après les
avoir éprouvés par l'infortune, il leur
préparait des ressources dignes de sa
toute-puissance.

L'agitation du plaisir ébranlant
tous les fibres de mon cerveau par des
secousses trop violentes, me jeta toute
la nuit dans une de ces insomnies que

le chagrin m'avait si souvent procu-
rées ; rien n'est donc plus en con-
tact avec la douleur, qu'un grand
plaisir. Livré au reflux des réflexions
les plus tumultueuses, les promesses
de Zama me flattaient de la douce espérance de revoir bientôt Ferisha. Je
songeais avec satisfaction que je serais en quelque sorte l'artisan de son
bonheur, après avoir contribué à ses
longues infortunes. Je le voyais dans
mes bras, je le pressais sur mon cœur ;
le sort de Hussein troublait ce songe
agréable ; mais on n'est ni heureux,
ni malheureux à demi, me disais-je
à moi-même ; la main qui me pro-
cura une protectrice dans une région
où je ne devais attendre que les fers
les plus pesans, me rendra sans doute
mes deux amis.

CHAPITRE XLI.

Heyder est présenté aux personnes de distinction de Bassora. — Description de cette ville.

A peine je quittais le lit, que Luzine vint me voir ; elle m'apportait du café de la part de Zama. J'écrivais alors à mon père, à ma mère, et à Azeima. J'enveloppai ces lettres dans un autre écrit, adressé à Dupleix, gouverneur de Pondichéri. Je lui faisais un détail abrégé de mes aventures, et je le priais de faire parvenir le paquet à ma mère, qui devait le distribuer.

Cette occupation remplit ma matinée : je me rendis, à midi, à l'appartement de Zama, elle était avec son frère, que je ne connaissais pas encore. Il voulut bien me présenter dès le lendemain

demain au pacha et aux personnes distinguées de la ville , en qualité d'un jeune étranger , jeté par le sort dans la maison de sa sœur. Je fus reçu par-tout avec une politesse à laquelle on reconnaît les Arabes, et avec des égards que je devais à ma protectrice.

Depuis le jour de mon arrivée chez Zama , j'avais joui de toute la liberté que je pouvais désirer. J'en profitais pour apprendre la langue arabe , et pour m'instruire de la situation du pays que j'habitais, de se productions , de son commerce , des mœurs et des coutumes de ses habitans. Zama avait fait remettre dans mon appartement tout l'argent dont je pouvais avoir besoin. Elle exigea impérieusement que je l'acceptasse ; l'assurance où j'étais de le rendre un jour , concourant avec sa bonne volonté. Je fus en état de communiquer avec les sa-

Tome II. C

vans du pays, les gens à talens, et tous ceux qui pouvaient me fournir des renseignemens.

Bassora, qu'on nomme Barrah dans le pays , est une ville des plus commerçantes de l'Asie ; elle est habitée par les négocians de toutes les parties du globe , attirés par la liberté de conscience dont chacun y jouit , et par l'exactitude extrême avec laquelle la police y est exercée.

Les marchands français, anglais, portugais, hollandais, ceux de Constantinople, de Smyrne, d'Alep, du Kaire, y viennent par le golfe Persique. Ceux de Bagdad , de Moussul, de Diabequir , de Palmyre, d'Orfa et de toute la Mésopotamie, descendent par l'Euphrate et par le Tygre , dont la navigation est dangereuse. Ceux d'Hispahan, de Tauris, de Cachemire viennent deux fois l'année en caravanes. Bassora est encore le lieu

d'étape des pélerins des Indes et de
Perse qui vont à la Mecque et à Mé-
dine. Ils contribuent à la prospérité
de cette ville, en y laissant par ventes
ou par échanges une grande quantité
de marchandises dont leurs pieuses
associations ont coutume de se charger en allant au tombeau du prophète
ou au retour de ce saint voyage.

Bassora fut bâtie par le calife Omar,
la quinzième année de l'hégire. Ce
prince faisait alors la guerre au roi
de Perse; son but était d'empêcher les
Persans des provinces occidentales,
de se rendre dans l'Indostan par le
golfe Persique, en descendant le
Tygre. Ce chemin était pour eux
le plus court et le moins dis-
pendieux; la ville de Bassora, en in-
terceptant la navigation de ce fleuve,
les obligeait à prendre la route de
terre, en traversant les déserts du
Faristan, par un chemin très-pé-
nible.

La ville s'élève à l'extrêmité du golfe Persique, sur la droite de l'Euphrate, appelé par les Arabes *Sce-let-Areb*, rivière d'Arabie, à trente milles au-dessus de l'embouchure de ce fleuve. Le pays d'alentour est si bas depuis le confluent du Tygre et de l'Euphrate jusqu'à la mer, que sans une superbe digue élevée par les Arabes à l'extrémité du golfe il serait fréquemment en danger de submersion : cet inconvénient obligea les fondateurs de Bassora à bâtir cette cité à un mille du fleuve, dont ils conduisirent les eaux par un canal large et profond, jusque sous les murs de la citadelle. Ce canal admet des navires de cent cinquante tonneaux ; l'entrée en est défendue par une forteresse bâtie sur le fleuve, à l'endroit qui sert de port à la ville.

Deux mille cinq cents toises forment la circonférence de Bassora. Sa figure est ovale : ses murs , de brique, sont flanqués d'espace en espace par des tours élevées ; des rues droites et spacieuses coupent la ville en tout sens ; elles sont bordées par des maisons bâties de briques ; plusieurs d'entre elles sont surmontées par une plate-forme garnie d'arbustes odorans. Une belle place, appelée *Merbac*, décore le centre de la ville. Sous les portiques dont cette place est environnée , les auteurs arabes récitent aux passans leurs ouvrages de prose ou de poésie.

A trois lieues de Bassora , sont les ruines de l'ancienne ville de Teredon. Un magnifique aqueduc y conduisait les eaux de l'Euphrate ; une partie de cet ouvrage subsiste ; les débris dont il est environné , témoignent encore aujourd'hui que cette ville fut autrefois florissante.

Après la chûte des califes de Bagdad, Bassora fut gouvernée par un prince particulier qui portait le nom de *Scheik*. On donne assez généralement ce titre en Arabie aux grands qui se sont maintenus indépendans dans leurs cantons. Cette ville et la petite province d'Iraque tombèrent sous la domination des Ottomans en 1668.

CHAPITRE XLII.

Heyder et Zama passent le temps des chaleurs dans la vallée d'Ob-bola. — Description des environs de Bassora.

J'ÉTAIS arrivé à Bassora au commencement du printemps 1743. Zama me proposa quelques mois après de passer le temps des grandes chaleurs dans sa maison de campagne, à trois lieues de la ville. J'en reçus la proposition avec plaisir ; nous fîmes ensemble ce petit voyage.

Les environs de Bassora sont pierreux et sablonneux : il n'y pleut presque jamais, ce qui voue le sol à une stérilité presque entière ; mais à deux lieues de la ville, coule une petite rivière dont les eaux baignent les murs du bourg d'Obbola ; la vallée, arrosée par cette rivière , jouit d'une température si délicieuse , que les Arabes en parlent comme de l'un des quatre paradis de l'Asie : la maison de Zama est bâtie dans cette vallée ; les jardins qui l'accompagnent sont décorés avec goût , par des eaux jaillissantes , des bosquets touffus , des grottessilencieuses , jouissances les plus voluptueuses dans le climat-brûlant de l'Arabie.

Dans toute l'Arabie , les femmes vivent à la ville d'une manière extrêmement retirée; leurs plus proches parens ont seuls la permission de les voir : je n'avais été admis dans quelques maisons de Bassora que comme étranger sans conséquence ; mais à la campagne , l'étiquette est beaucoup moins sévère. Les dames mangent les unes chez les autres ; les hommes ne sont pas exclus de leur société. La mère de Zama passait presque toute l'année à Obbola ; son frère y venait souvent avec ses deux femmes et leurs enfans.

Mon goût constant pour les plaisirs champêtres me procurait des journées charmantes dans la vallée d'Obbola. Luzine, qu'une étiquette ridicule maintenait à la ville, dans un rang inférieur, malgré l'attachement que lui témoignait Zama, mangeait avec nous à la campagne. Cette aimable fille passait presque tous les matins quelques heures dans mon appartement, sous prétexte de m'aider à déchiffrer les livres arabes. Elle seule achevait de m'enseigner cette langue, que tout le monde parlait autour de moi, et dont, malgré mes efforts, je n'avais appris que les élémens, pendant mon séjour à Bassora.

Luzine m'aimait éperdument ; elle multipliait ses efforts pour me cacher sa passion, sur-tout depuis

qu'elle n'ignorait pas le goût de Zama pour moi. Jamais sa bouche ne
m'avait fait l'aveu de sa passion ; mais
combien de fois ne l'avais-je pas lue
dans ses yeux? les cordes fibrillaires
des femmes sont douées d'une sensibilité plus exquise que celles des
hommes. Combien de fois , lorsque
nous étions seuls ensemble , Luzine
et moi , et lorsque la conversation ne
paraissait dictée que par l'amitié , ne
surprenais-je pas ses larmes prêtes à
descendre sur ses joues ? La pudeur
les retenait à peine.

Lorsque le soleil abandonnait l'horizon , nous prenions le plaisir de la
promenade dans une prairie couverte
d'arbres chargés de fruits ; la petite
rivière serpentait dans cette plaine
riante , et lui prêtait de nouveaux
charmes. Des bosquets, semés sans art
dans les endroits les plus solitaires
du vallon , semblaient disposés par la

nature pour recevoir les soupirs des amans. On y parvenait par des routes détournées, dans lesquelles d'autre bruit ne frappait l'oreille attentive que le murmure de la rivière, dont les eaux limpides roulaient sur un lit de cailloux, le gasouillement d'une infinité d'oiseaux, ou le doux frémissement des feuilles agitées par le souffle des vents.

Sous prétexte de chercher un abri contre les derniers rayons du soleil, Lnzine me conduisait souvent dans ces retraites enchantées, dont le silence et la solitude s'accordaient avec la situation de mon ame : assis sur des touffes de fleurs, nous parlions des évènemens de ma vie; je lui répétais ce qu'elle avait entendu cent fois; elle m'écoutait toujours avec un nouveau plaisir; ses yeux se mouillaient de larmes; ses regards languissans me disaient dans un langage expressif, que vous êtes injuste, Heyder, d'attribuer à la simple pitié, le sentiment profond qui me dévore! Je tombais à ses genoux; je baisais ses belles mains; je lui parlais de l'étendue, de la durée de ma reconnaissance; c'était de l'amour qu'elle me demandait.

Un jour que la fraîcheur de la nuit m'avait invité à précéder dans les champs le lever de la matinale aurore, je fus m'asseoir sous une avenue de tamariniers qui bordait la rivière à l'entrée de la maison de Zama. La beauté de ce paysage me jetait dans une douce rêverie; le soleil sortait alors du sein de la terre; à peine la moitié de son disque éclairait l'horizon, les rayons naissans de l'astre du jour perçaient à travers les feuilles des arbres; le jeu de la lumière transformait en diamans, en rubis, en émeraudes, les gouttes de rosée dont les plantes étaient couvertes; les oiseaux

étalaient leur brillant plumage, et cé-
lébraient en chœur le réveil de la
nature.

Attentif à ce magique spectacle, je
n'appercevais pas Luzine ; elle m'avait
suivie, s'était assise à mes côtés, et
me tirait doucement par mon doli-
man. Ma situation ressemblait à celle
d'un homme qu'on éveille au milieu
d'un songe flatteur.

Je vous cherchais, me dit Luzine,
pour vous informer de plusieurs
choses qui vous intéressent. C'est de
bon augure, de vous trouver sur ce
tertre champêtre, où je puis vous entretenir en liberté. Ma maîtresse, qui
n'a pas dormi pendant la nuit, nous
en laissera le loisir. — Zama serait-
elle malade? — Non, ou du moins ses
maux ne viennent d'aucune altération dans ses organes, mais de la dis-
position tumultueuse de son ame.

J'ai passé la nuit auprès d'elle à

parler de vous. Zama vous aime : ô
Dieu! faut-il que le sort m'ait destiné
à devenir la confidente de sa passion ?
Vous la partagerez sans doute , et
son résultat me rendra la plus infortunée des femmes. Je rassurai Luzine
de mon mieux ; je lui protestai que
le souvenir des bienfaits de Zama se
gravait profondément sur mon cœur,
que la trace en était ineffaçable ; mais
que mes affections pour elle n'étaient
pas celles de l'amour , et qu'il n'était
plus en mon pouvoir de contracter
un semblable engagement.

Un rayon de joie pénétra l'ame de
Luzine ; on ne saurait maîtriser le
premier mouvement de son cœur;
c'était pour elle une consolation de
penser que je ne ressentais pas pour
sa rivale l'amour que je lui refusais;
mais bientôt se rendant maîtresse de
tous les mouvemens de son ame ,
vous voyez ma faiblesse , me dit-

elle, en lançant sur moi le regard
le plus brûlant ; malheureuse passion ! il n'est pas en mon pouvoir de
la cacher pour jamais dans le fond de
mon cœur ; mais vous en serez l'unique dépositaire : défendez-moi contre
moi-même. Je vous aime, Heyder ;
dès les premiers momens que je vous
vis, je fus embrasée de tous les feux
de l'amour. Pourquoi votre religion
ne vous permet-elle pas de partager
votre attachement entre plusieurs
femmes ? L'espoir d'être à vous ferait
le charme de ma vie.

Mais puisque des lois inexorables
s'opposent au seul bonheur dont je
serais jalouse, ne redoutez rien de
l'aveu qui vient de m'échapper. Cet
aveu me donnera au contraire des
forces pour vaincre le penchant presque irrésistible qui m'entraîne sur vos
pas. Si je ne viens pas à bout de sur-
monter entièrement ma passion, je

saurai me contraindre avec tant de
soin , que vous n'en aurez désormais
aucune connaissance ; je calculerai
mes actions et mes paroles ; je vous
aime assez pour cacher à jamais que
je vous aime , dès que votre bonheur
est à ce prix. Satisfaite d'habiter les
mêmes lieux que vous , le plaisir de
vous voir , de vous servir , me tien-
dra lieu de tout. Puisque vous ne
pouvez être mon époux , je mériterai
du moins votre estime , votre confiance , votre amitié.

J'étais attendri ; Luzine m'avait
rendu les services les plus signalés.
Attentive aux moindres objets qui
pouvaient contribuer à ma satisfaction , elle ne perdait pas une occasion de me donner des marques de son
attachement.

C'est aux portraits trop flattés
qu'elle faisait chaque jour à Zama de
mes qualités morales, que je devais les

premiers avantages dont je jouissais.
Je lui laissai voir toute ma sensibilité;
mes larmes se mêlèrent aux siennes...
Vous voyez, ma chère Luzine, que
mon cœur n'est pas insensible; mais
ce cœur, que vous aimez..... il n'est
plus à moi; je le donnai dès l'âge le
plus tendre; combien de larmes ne
coûte pas ce triste présent à celle à
qui je l'ai fait...! Mais croyez qu'après
mon épouse, personne ne me sera jamais aussi chère que vous.

Vous êtes marié! quelle nouvelle
m'annoncez-vous? Je ne comprenais
rien à cette exclamation. Il me paraissait extraordinaire qu'après m'a-
voir fait la peinture la plus passion-
née de son amour, Luzine l'oubliât
tout de suite pour songer à celui
d'une rivale. Elle ne me donna pas le
temps de lui témoigner ma surprise.

Vous êtes témoin de mon trouble,
Heyder; vous savez le secret de mon

cœur , mais vous ne savez pas encore
combien vous faites de malheureux :
pourquoi la fortune vous a-t-elle conduit en Arabie? Je jouissais d'une
paix profonde que vous avez troublée.
Je fais le sacrifice de mon amour
pour vous; mais si cet effort doulou-
reux me perce le cœur, s'il suspend
toutes les facultés de mon ame , j'a-
vais, dans l'excès de mon chagrin , la
satisfaction de ne vous céder qu'à ma
bonne maîtresse , que je chéris comme
moi-même... Vous paraissez surpris;
mais les dispositions morales de Zama
ne sauraient vous être inconnues , je
les ai démêlées depuis long-temps :
elle m'en fit hier l'aveu le plus com-
plet.

Frappée de la vivacité de sa flamme,
je résolus à l'instant d'éteindre la
mienne ; je résolus de voir Zama sans
jalousie régner sur un cœur dont je
préférerais la possession au trône de
l'univers.

Que je suis infortunée, ma chère Luzine, me disait ma maîtresse! qu'est devenue la tranquillité d'ame dont je jouissais? elle me rendait insensible aux hommages d'une foule d'amans. Le jour qu'un dieu jaloux conduisit chez moi ce jeune étranger, fut le dernier de ma liberté. Sa tristesse accablait mon cœur; je prenais mon agitation pour de la pitié, je m'y livrais sans défiance. Si j'avais connu la nature des sentimens qui s'établissaient dans mon cœur, peut-être aurais-je eu la force d'en triompher.

Que n'ai-je pas tenté depuis cet instant fatal, pour étouffer ma passion? je la combattrais vainement aujourd'hui; elle s'est identifiée avec mon existence; ma mort seule en sera le terme. Ma bonne maîtresse ajouta qu'elle se proposait de vous offrir sa main aussi-tôt qu'elle aurait terminé des affaires qui l'empêchaient de se

remarier. Cette conversation me retint long-temps dans la prairie. Je repris avec Luzine le chemin de la maison.

———————

CHAPITRE XLIII.

Retour à Bassora. — Zama offre sa main à Heyder.

J'ÉVITAIS, dans la suite, autant que je le pouvais, de me trouver seul avec Zama, pour éloigner les occasions dont cette dame aurait pu se servir pour me parler des sentimens de son cœur. Nous revînmes à Bassora, à la fin de novembre. C'était le temps où la caravane d'Hispahan devait arriver. Je me flattais d'apprendre par cette voie si Ferisha et Hussein étaient arrivés dans cette capitale.

Zama me consultait sur toutes ses affaires ; elle me dit un jour que le pacha de Bassora voulait la marier à un de ses parens, jeune homme très-riche, et qui donnait de très-grandes

espérances. J'avais entendu parler de
cette alliance, en plusieurs rencon-
tres ; je me flattais même que le hasard me présentait une occasion de
recouvrer ma liberté ; le pacha venait
depuis quelque temps presque tous les
jours chez Zama. Il me semblait que
quand même le cœur de cette dame
parlerait en ma faveur, la raison le
ferait taire.

La confidence de Zama me surprit
moins qu'elle ne me déconcerta. J'hésitais sur la manière dont je devais
répondre : elle prit mon embarras
pour de la jalousie. La joie se répan-
dit visiblement sur son visage. Croyez-
vous, me dit-elle, que je contracte
jamais un pareil engagement sur de
simples convenances ? J'ai déjà porté
les chaînes de l'hymen ; je sais, par
mon expérience, qu'elles ne sont légères que lorsque le cœur en a formé
le tissu.

Je n'aurai jamais d'autre époux que mon amant; s'il m'apportait une couronne, elle me flatterait moins que la possession de son cœur ; mais s'il n'était qu'un simple berger , je le préférerais encore à tous les potentats du monde ; je rends justice au jeune Turc qu'on m'offre pour époux , mais je ne recevrais pas même la main du padisha des Ottomans.

Mon cœur n'est plus à moi ; ma main , sans mon cœur, n'est pas un présent à faire ; voilà ma profession de foi. Si vous lisiez dans mon ame , vous connaîtriez ce vainqueur dont je fais plus de cas que du trône de l'univers. Mais pourquoi vous cacher plus long-temps une flamme dont la pureté fait mon bonheur et ma gloire? Vous êtes mon amant, vous serez mon époux, ou je n'en aurai jamais.

Quoique cette déclaration ne dût

pas me surprendre , après la confidence que m'avait faite Luzine, dans la vallée d'Obbola , je ne laissai pas que de me trouver embarrassé. Je répondis vaguement que je ne méritais pas le don précieux dont je ne pouvais profiter pour le moment , parce que le respect dû à mon père , ne me permettait pas de me marier sans son aveu. L'amour nous rend aveugles ; Zama crut appercevoir de la passion dans une réponse dictée par la seule courtoisie. Elle me sacrifia le parent du pacha , sans être arrêtée par le ridicule dont elle se couvrait, en refusant de l'épouser.

Ce procédé me jetait dans une anxiété cruelle; je projetais quelquefois de m'évader secrètement, et de prendre la route d'Hispahan. La marque la plus éclatante de reconnaissance que je pus donner à Zama, était sans doute de l'arracher par force

à

à une passion que je ne partageais pas. Cependant, lorsque je faisais réflexion que j'étais esclave de Zama, les lois de l'honneur me retenaient auprès d'elle, lorsque mon éloignement était seul capable d'éteindre les feux de son amour. D'ailleurs, j'attendais chaque jour les nouvelles de l'Inde, qui devaient mettre fin à ma captivité.

Je voyais Zama tous les jours ; j'étais le confident de toutes ses pensées ; presque toujours elle ne pensait qu'à moi.

———

CHAPITRE XLIV.

Second voyage dans la vallée d'Ob-
bola. — Maladie de Zama.

Dès les premiers jours qui suivirent l'équinoxe du printemps 1744,
nous quittâmes la ville, pour passer
l'été dans la vallée d'Obbola. Luzine
me fit observer un jour que le seul
moyen de guérir ma maîtresse de la
passion malheureuse qu'elle sentait
pour moi, était de l'instruire des engagemens contractés dans ma patrie,
qui ne me laissaient pas la liberté de
disposer de mon cœur. J'approuvai
cet expédient ; je lui donnai tout
pouvoir de s'en servir à son gré.

Je présume que Luzine instruisit
Zama, sans ménagement, des liens
qui m'empêchaient de contracter un
mariage hors de ma patrie. Ce fut un
coup de foudre pour cette dame ; son

ame, étreinte par une douleur violente, éprouva une si violente com-
motion à cette nouvelle, qu'elle perdit à la fois la parole, les forces, le
mouvement, et presque la raison.

J'étais alors dans la prairie; on
m'apprit cet accident à mon retour;
je montai chez Zama; son état était
alarmant. Les plus célèbres médecins
de Bassora, mandés sur-le-champ,
ne me surprirent point, en m'assu-
rant que la maladie de cette dame
pouvait avoir une issue funeste. Je
quittais la malade le moins que je
pouvais, parce que je m'appercevais
que ma présence favorisait l'effet des
remèdes.

Un jour que, seul avec elle, je lui
témoignais la peine que je ressentais
de son état, que vous ai-je fait, pour
me tromper, me dit-elle faiblement ?
Heyder, votre cœur n'est pas droit et
sincère : faut-il que je m'en sois

apperçue trop tard ? Je paie bien cher mon aveugle crédulité.

Ces paroles firent sur mon ame une si forte impression, que je n'eus pas la force d'ouvrir la bouche pour en demander l'explication. Mon embarras paraissait la conviction du crime dont elle m'accusait. Ecoutez-moi sans m'interrompre, reprit Zama; je sais qu'on n'est pas libre de donner ou de refuser son cœur; c'est une vérité dont je ne fais que trop la triste expérience. Ce n'est pas un crime pour vous d'aimer dans votre patrie, et d'être fidèle à vos engagemens; mais ne me deviez-vous pas les aveux dont vous avez rendu Luzine dépositaire? Suis-je indigne de votre confiance? Qu'est devenue cette franchise que vous affectiez devant moi? Heyder ressemble donc au commun des hommes, il en était le premier à mes yeux.

Mais quand la reconnaissance ne

vous aurait pas fait un devoir de me
découvrir un secret que vous ne ca-
châtes pas à mon esclave, et qui
m'intéressait seule, l'honneur, ce
guide rigide, que vous suivez quelquefois, ne devait-il pas vous en im-
poser la loi ? Vous m'avez vu refuser
un mariage avantageux, sur-tout
dans l'état où sont mes affaires ; je ne
regrette pas ce que j'ai fait. Ne pouvant être à vous, je ne veux être à
personne, et je vous le prouverai par
ma mort. Etiez-vous moins obligé de
m'avertir que des liens sacrés vous
empêchaient à jamais d'être à moi ?

Ces dernières paroles furent un
rayon de lumière qui m'éclaira ; je
vis sur-le-champ que Luzine, à qui
j'avais fait part assez superficielle-
ment des engagemens contractés avec
Azeima, qui m'empêchaient de disposer de mon cœur, les avait pris
pour les nœuds du mariage ; je me

souvins même qu'au moment de ma confidence, elle avait témoigné une extrême surprise, et que je n'avais pas voulu la détromper.

Je me trouvais dans des circonstances différentes ; les obligations que j'avais à Zama, ne me laissaient pas le choix de ce que j'avais à faire. Vous êtes dans l'erreur, lui dis-je avec feu, en me jetant à genoux à côté de son lit, on vous a trompée. Non, Zama, je ne suis pas lié des chaînes de l'hymen ; mon cœur n'est pas libre ; il fit un choix dans son enfance ; je ne vous connaissais pas alors. J'aime, il est vrai, dans ma patrie, mais je ne suis pas engagé par des nœuds solemnels qui m'empêchent d'être à vous : le ton dont je prononçai ces paroles, ou ces paroles elles-mêmes, produisirent une révolution favorable dans l'état de Zama. Le tombeau s'éloigna, et la douce espérance vint bientôt nous sourire.

CHAPITRE XLV.

Faiblesse d'Heyder. — Il passe cinq années dans la vallée d'Obbola.

Je passais les journées auprès de Zama, dont les forces commençaient à renaître. J'avais pris son bras pour juger de son pouls; elle retint ma main et la serra long-temps dans les siennes, avec un sentiment si tendre, qu'il retentit jusqu'à mon cœur. J'oubliai Azeima, je m'oubliai moi-même; je ne veux pas justifier ma faiblesse : il est bien difficile qu'un jeune homme résiste à une tentation si violente, sur-tout lorsqu'il est passionnément aimé.

Zama se remit à vue d'œil; elle s'apperçut avec plaisir qu'elle était enceinte. Il fut résolu que nous ne reviendrions pas à Bassora à l'entrée de l'hiver. Zama mit au monde un fils qu'elle nourrit de son lait. Il ne fut plus question de retourner à la ville ; j'eus une fille deux ans après. Je passai cinq années consécutives dans la vallée d'Obbola : mes deux enfans moururent en quinze jours de la petite-vérole. C'étaient deux liens qui m'attachaient à leur mère ; j'oubliais, dans les bras de Zama, le reste de l'univers. La mort de mon fils et de ma fille rompit le charme.

CHAPITRE XLVI.

Heyder revient à Bassora , fait de vaines recherches pour retrouver Ferisha , et tombe dangereusement malade.

JE tenterais vainement de rendre le tableau de mon état tel qu'il me fut présenté par mon imagination, quand j'eus perdu mes deux enfans ; j'étais à mes yeux une énigme indéchiffrable ; je ne concevais pas par quel enchantement j'avais passé cinq années dans une solitude entre les bras de la volupté , sans avoir reçu aucune nouvelle de mon pays, et presque sans y avoir pensé.

Mes idées devinrent sombres : le riant paysage qui me charmait auparavant , avait perdu à mes yeux tous ses agrémens ; je ne l'envisageais plus que comme une prison. Je cachais ma mélancolie à Zama ; mais cette dame était trop clairvoyante pour ne pas l'appercevoir : elle employa tous ses efforts pour dissiper les noires vapeurs de mon imagination. Soupçonnant que le séjour de la campagne pouvait m'ennuyer, elle me proposa de revenir à Bassora, sous prétexte d'y régler quelques affaires d'intérêt qui n'étaient pas terminées, et qui l'empêchaient de me presser de recevoir sa main.

L'ennui dont j'étais dévoré me suivit à Bassora ; je multipliai en vain des recherches de toute espèce pour découvrir Ferisha. L'inutilité de mes soins augmentait ma tristesse ; je me reprochais, avec raison, de les avoir employés trop tard. Ce généreux ami était peut-être mort dans l'esclavage, dont j'aurais dû le tirer ; rien ne pouvait bannir de mon cœur cette idée,

elle me tourmentait cruellement. Je
cherchais, durant le jour, les endroits
les plus solitaires, et dont le silence
nourrissait ma douleur ; j'y rêvais
pendant la nuit , elle éloignait le
sommeil de mes paupières , ou si je
m'endormais quelques instans, j'étais
réveillé par des songes effrayans.
Cette anxiété ne pouvait durer long-
temps , elle devait détruire le jeu de
mes organes ; je tombai dangereusement malade.

Luzine était ma seule confidente ;
je n'avais aucun secret pour cette
fille aimable : elle me plaignait , sans
trouver un remède à mes maux. Zama , qui m'adorait, employa , pour
me soulager , tous les secours que
pouvaient donner les médecins arabes.
Le principal symptôme de ma maladie était une langueur mortelle ;
j'étais si faible , qu'on eût jugé chaque jour que je ne verrais pas le len-

demain. Les remèdes n'opéraient rien ;
la mort, que j'envisageais comme
prochaine, était le but de mes desirs ;
enfin, les médecins déclarèrent que
mon mal avait une cause cachée que
leur art ne pouvait ni guérir, ni
même connaître. Zama se désespérait;
mon état empirait chaque jour, on
calculait déjà le terme de ma vie.

Dans cette extrémité, Luzine se
hasarda de découvrir à sa maîtresse
le secret de ma maladie ; elle l'assura
que son unique cause était la passion
de revoir ma patrie, et que la seule
espérance qu'elle m'en donnerait, me
rendrait infailliblement la santé.

Zama craignait de me perdre, si je
retournais dans les Indes ; elle craignait encore plus de me voir mourir
à ses côtés. D'ailleurs, elle se repro-
chait secrètement d'avoir supprimé
toutes les lettres qui m'étaient adres-
sées de l'Inde. Elle résolut de me

rendre à l'existence , au prix de sa
propre satisfaction : profitant d'un
moment où j'étais un peu mieux , elle
me propose de faire un voyage aux
Indes aussi-tôt que ma santé serait ré-
tablie , pour prévenir mon père sur
notre mariage ; elle ajouta que , pendant mon absence , toutes les difficultés que la succession de son mari
lui suscitait , seraient terminées , et
que ma probité lui était trop connue ,
pour douter de mon prompt retour
auprès d'elle.

Je cherchais dans les yeux de Zama
la confirmation de ses paroles. Lorsque j'apperçus , par de nouvelles as-
surances , qu'elle parlait de bonne
foi , la joie que je ressentis rouvrit
les sources de ma vie , que le chagrin
tarissait. La fièvre diminua sensible-
ment ; je l'eus encore durant quelques jours , parce que j'avais été
abattu par un coup trop rude pour en
être relevé sur-le-champ.

Je me flattais de partir aussi-tôt que
je serais parfaitement rétabli. La tendre Zama frémissant au seul projet
de notre séparation, en reculait les
instans. Je n'osais en parler moi-
même, mais je retombais dans la tristesse qui m'avait conduit aux portes
du tombeau. Zama se reprocha bientôt ses lenteurs comme un crime; mes
équipages furent prêts en peu de
temps; Zama me donna quelques esclaves, dont la fidélité lui était connue; enfin, après avoir reçu ma parole que je reviendrais à Bassora au
plus tard dans deux ans, je m'arra-
chai de ses bras et de ceux de Luzine,
pour m'embarquer sur un vaisseau
portugais, qui devait relâcher à Surate, et faire voile ensuite pour Goa
et pour la Chine.

CHAPITRE XLVII.

Heyder quitte Bassora ; il aborde à Débul.

Je quittai le port de Bassora dans les premiers jours de mai 1750 ; c'est le temps des grandes chaleurs en Arabie. Je montais le navire *la Notre-Dame-de-Grace*, capitaine don Juan d'Alcunha de Lisbonne : ce vaisseau, orné de peintures et de dorures, paraissait neuf ; on passa à la vue d'Olmuts le sixième jour de la navigation ; on côtoya les jours suivans la province de Makran en Perse ; on se proposait de gagner la haute mer, pour éviter les embouchures de l'Indus, lorsqu'une voie d'eau se déclara. Cet accident détermina le capitaine à relâcher au port de Débul, où le vaisseau n'arriva qu'avec peine.

On fut obligé de le mettre sur le côté, pour découvrir la voie d'eau ; tout le monde en sortit. Les munitions et les marchandises furent déchargées. Le capitaine prévint les passagers que son opération serait terminée dans quinze jours.

Mon logement fut choisi chez un riche banian. La chaleur était alors excessive , et pour m'en garantir, je passais une partie des jours sous une magnifique avenue de platanes dont la ville était environnée ; j'y rêvais en liberté aux bizarres évènemens de ma vie ; je me trouvais enfin dans le voisinage de ma patrie. Je pouvais m'y rendre en peu de temps , par terre, en traversant le désert de Zend; mais l'expérience m'éloignait de cette route périlleuse ; je préférais, avec raison , celle de la mer , un peu plus longue, à la vérité , mais plus sûre et plus commode.

C'est dans les environs de Débul,
sur les bords de la rivière d'Il-Mend,
que viennent se terminer en fertiles
côteaux les hautes montagnes de
l'Imaüs, qui séparent la Perse de l'Indostan. Des remparts de cette ville,
on découvrait leurs sommets couverts d'une neige éternelle. Cette vue
me rappelait la riante vallée de Dinam, dans laquelle j'avais passé près
d'une année. Je me représentais les
tranquilles plaisirs goûtés par les habitans de ce charmant séjour. Je les
partagerais avec Ferisha, me disais-
je à moi-même, si mon imprudente
inquiétude ne m'avait arraché d'un
asyle que je devais à la bonté du ciel,
et dans lequel Hussein m'aurait peut-
être été rendu. Ma mémoire me re-
traçait le tableau de la désolation où
ma fuite pouvait avoir jeté la colonie ; je me reprochais amèrement une
faute dont j'étais cruellement puni.

En traversant une rue pour me rendre le soir chez mon hôte, je crus entrevoir *Zulie*, la fille de Zulmire, cette dame qui m'avait recueilli sur le rivage de la mer, et qui fut mon introductrice dans la vallée de Dinam.

Le peu de vraisemblance que je voyais à ce que Zulie se trouvât dans Débul, m'empêcha de la suivre. Je croyais être séduit par une erreur de mon imagination. Cette rencontre m'avait cependant vivement frappé ; j'y rêvai toute la nuit : je me retraçais les traits de Zulie, je les trouvais absolument conformes à ceux de la personne que j'avais rencontrée la veille ; la même taille, le même port, le même tour de visage ; la nature s'était répétée, ou c'était Zulie. Mais par quel étrange coup du hasard Zulie serait-elle sortie de la vallée de Dinam ?

Je me perdais en conjectures ; je
sortis de grand matin, et je parcou-
rus toute la ville, dans l'espoir de
faire une seconde fois la rencontre
dont je n'avais pas profité la veille ;
le peu de fruit de mes recherches ne
me découragea pas ; je les renouvelai
les jours suivans sans aucun succès.

————

CHAPITRE XLVIII.

Il rentre dans le vaisseau, et retrouve Hussein.

LE vaisseau était carené : tout le monde se rendit à bord ; j'entrai par hasard dans la chambre du capitaine, lorsqu'on fut sorti de la rade : la première personne que j'apperçus, fut celle que j'avais rencontrée à Débul, et que j'avais cherchée avec tant d'empressement ; je ne me trompais pas, c'était Zulie. Sa surprise et la mienne furent égales ; la chambre était pleine de passagers ; ils jouirent de la scène que produisait notre situation indéfinissable. Ce dut être pour eux un vrai spectacle.

Je me précipitais dans les bras de Zulie ; mais que devins-je lorsque, me sentant embrassé tout-à-coup, je re-

garde **en arrière**, je vois Hussein ? On
ne meurt pas de plaisir, puisque je
survécus à mes transports convulsifs.
Je faisais à Zulie et à Hussein des
questions sans liaisons, sans suite. Ils
me firent signe de les suivre, et que
ma curiosité serait satisfaite. Je les
menai dans une petite chambre que
le capitaine m'avait donnée. Ma joie
était si violente, que j'en perdais
presque la raison. J'embrassais successivement Hussein et Zulie, je ne
pouvais me rassasier de les voir ; je
croyais à peine le rapport de mes
yeux.

Zulie, qui m'avait témoigné le
plus tendre attachement pendant
mon séjour dans la vallée de Dinam,
me faisait les reproches auxquels je
devais m'attendre sur la manière dont
j'avais quitté la colonie. Ingrat, me
disait cette aimable dame, pourquoi
nous avez-vous furtivement aban-

donnés ? Etait-ce le prix dont vous
deviez payer les efforts que nous faisions pour vous rendre agréable le
séjour de Dinam ? Ma mère vous ché-
rissait comme son fils ; combien de
larmes ne lui avez-vous pas fait ver-
ser ?

Les jours qui suivirent votre départ, furent des jours de deuil pour la
colonie. Mon frère vous chercha vainement pendant près d'un mois ; il
ne doutait pas de votre perte et de
celle de Ferisha... Mais, où est-il ?
Ferisha ne vous quittait jamais....
Pourquoi êtes-vous seul ?

Ces questions renouvelaient l'amère
douleur que je ressentais d'avoir laissé
mon ami dans une terre étrangère.
La douleur et le plaisir se disputaient
la possession de mon cœur ; incertain
auquel je devais me livrer, j'hésitais
dans une espèce de délire. Cependant,
malgré le trouble de mes idées, je fis

part à Hussein et à Zulie des aventures qui m'étaient arrivées depuis
mon départ de Dinam. Hussein me dit
ensuite qu'il était revenu dans cette
vallée six mois après ma fuite, qu'il
m'avait cherché dans une partie de
l'Asie, et qu'étant retourné, pour la
troisième fois, à Dinam, il avait épousé
Zulie, et qu'ils s'étaient rendus ensemble à Débul pour me chercher de
nouveau.

La nuit nous obligea de rentrer
dans la chambre du capitaine, pour
souper. Après le repas, je témoignai
à Hussein ma surprise de n'avoir
reçu aucune nouvelle de Paramba
et de Nadim-Zaeb, quoique je leur
eusse écrit plusieurs fois de Bassora.
Hussein m'assura qu'il était possible
que toutes mes lettres se fussent
égarées, à cause de l'extrême désordre qui régnait dans l'Indostan.

Depuis plusieurs années, conti-

nua-t-il , l'empereur Mohammet
Schas ne règne plus. Son fils Achmed
Schas chancelle sur son trône, miné
par les perfides Anglais. Nisan El-
Moluk a fini dans les combats sa
longue carrière : ses enfans, armés les
uns contre les autres, se disputent son
sanglant héritage ; peu contens d'a-
voir attiré dans leurs querelles les
soldats les plus braves de l'Indostan ,
ils ont eu recours aux Européens établis sur nos côtes ; ces féroces étrangers voilant à peine leur vaste ambition , laissent appercevoir un projet
formé de subjuguer notre patrie , si
les dissentions intérieures continuent
à favoriser les succès de leur politique.

Lorsque vous connaîtrez une partie des malheurs qui désolent l'Indostan , le silence de vos parens ne vous
surprendra plus. La ville de Delhy ,
entièrement saccagée par les Patanes,
sous

sous le commandement de Mirs Abdalak , n'existe plus. Le nouvel empereur réside dans Agra ; vous y verrez Paramba , Nadim Zaeb et Azeima;
votre retour les comblera de joie.

La crainte où j'étais qu'Azeima ne
fût morte ou mariée , m'avait empê-
ché d'en demander des nouvelles. Je
fis porter le lit de Hussein et de Zulie dans ma chambre , et , me jetant
dans mon hamac , je rassemblai enfin
mes idées, qui n'avaient pas eu de suite
depuis le moment où j'avais retrouvé
Hussein.

CHAPITRE XLIX.

*Hussein raconte à Heyder ce qui lui
est arrivé depuis leur séparation.*

Aussi-tôt que les premiers rayons
du soleil vinrent ranimer la nature,
je montai sur le pont pour profiter de
la fraîcheur du matin. L'astre du jour
sortant de la mer, semblait marcher
sur les eaux, colorant des teintes les
plus brillantes la vaste étendue de
l'Océan, et les nuages flottant dans les
airs. J'admirais en silence ce spectacle imposant, auquel je n'avais fait
presque aucune attention jusqu'alors
pendant la navigation. La mollesse
avec laquelle les cordes toniques de
mes fibres sensitives agissaient sur mon
imagination, embellissait sans doute
tous les objets à mes yeux. Hussein
vint auprès de moi, et nous étant as-

sis sur le tillac , il commença le récit
de ce qui lui était arrivé depuis notre
séparation dans le désert de Zend.

En sortant de la vallée de Dinam ,
Hussein s'était embarqué sur un vaisseau français, venant de la mer Rouge,
et allant à Pondichéri porter , à Dupleix , la nouvelle de la rupture entre
les cours de Paris et de Londres. Le
capitaine le reçut avec humanité ; il
mouilla dans la rade de Surate , sans
y avoir aucune affaire, et dans la seule
intention d'obliger Hussein en le mettant à terre dans sa patrie.

A peine dans le port, il fut instruit
de la guerre civile qui ruinait et dé-
peuplait l'Indostan. Les courses
des Marattes s'étendaient jusqu'aux
environs de Surate et d'Aurengabab.
Ils avaient pillé les pagodes célèbres
d'Iloure et d'Altabab, monumens in-
compréhensibles de la plus haute antiquité, taillés dans le roc, en forme

de palais immenses, inaccessibles à
la clarté du jour : il trouva par-tout
sur ses pas les traces sanglantes de la
dévastation , compagne de la guerre;
des villages brûlés , des campagnes
sans moissons et sans habitans; enfin,
il arriva à Delhy : son apparition
jeta Nadim Zaeb dans une surprise
étrange.

Est-ce vous, Hussein ? me ramenez-
vous mon fils ? L'air sombre répandu
sur mon visage , ajoutait Hussein ,
avertissait Nadim-Zaeb de son malheur. Je me mis à ses pieds, je lui fis
part de l'horrible attentat de vos esclaves, du combat que nous avions
livré à ces scélérats, de l'inutilité des
recherches que j'avais faites depuis
ce jour fatal , pour découvrir vos
traces.

Mon fils n'est plus, me dit ce père
infortuné: je l'avais confié à ta vigi-
lance ; ne crois pas cependant que je

te rende responsable de sa perte ;
j'adore les terribles décrets de l'Etre
suprême. Ce fils devait être la consolation de ma vieillesse ; il devait fer-
mer mes yeux ; il meurt dans une
terre étrangère, à la fleur de son âge ;
respecte les larmes que le désespoir
arrache au plus infortuné des pères.
Je ne reverrai donc plus mon fils !
ciel impitoyable qui me l'avez ravi ,
vous présagiez cette catastrophe , par
les obstacles qui s'opposaient à ce fatal voyage.

Je m'efforçais en vain d'insinuer
dans l'ame de Nadim-Zaeb quelques
rayons d'espérance. L'étude appro-
fondie qu'il avait faite de la perversité
humaine , l'assurait , malgré mes paroles, que vous n'aviez pas évité les
traits de vos ennemis.

Il fallut donner cette nouvelle dé-
solante à *Paramba* ; je voudrais er
vain vous taire un évènement qui vous

percera le cœur. Cette princesse traî-
nait depuis votre départ une vie lan-
guissante ; elle ne put soutenir
ce terrible coup. Son ame s'exhala
dans les bras de son époux, en prononçant votre nom. Votre père, dont
la philosophie élevait le courage, se
montra supérieur à sa douleur. Je
voulais le quitter ; je lui représentais
que l'espoir de vous rejoindre m'im-
posait la loi de courir sur vos traces
dans toutes les régions de l'Asie. Non,
me dit le prince, tes soins sont su-
perflus. Si mon fils a partagé ton
bonheur, il est aujourd'hui loin du
théâtre de ses infortunes. Nous le
reverrons bientôt ; mais je me livre en
vain à cette flatteuse idée ; mon fils
n'est plus au nombre des vivans, et
ton bras m'est nécessaire à l'armée.

Je ne vous ferai pas le récit des
particularités de la guerre dont j'ai
été témoin. Je vous dirai seulement

que la faiblesse de Mohammet Schas
était devenue si extrême, qu'il avait
déclaré grand-visir Gasiodin-Kan,
fils aîné de Nisam El-Moluk, ouver-
tement convaincu d'être l'auteur de
l'invasion des Perses. Ce prince, alors
assuré d'une principale influence à la
cour de Delhy, venait de quitter
cette résidence impériale, pour se
rendre dans la Soubadie du Dekan,
à la tête de son armée. Nadim-Zaeb
attendait ce départ pour proposer
votre mariage avec *Hadigé*. Achmed
Schas, présomptif héritier de la couronne, favorisait cette alliance,
parce que connaissant les liaisons de
Nadim-Zaeb avec les Français de
Pondichéri, il voulait se servir d'eux
pour se venger du Souba de Dekan
et des Anglais; mais les armes françaises n'ayant pas été heureuses, Nadim-Zaeb fut contraint d'attendre une
occasion plus favorable à ses projets.

Hussein fut interrompu par l'arrivée de Zulie. On parla de la vallée de Dinam, dans laquelle ses parens désolés n'avaient consenti à son départ, qu'en exigeant qu'elle y reviendrait dans quelques années avec son époux. Le jour suivant, Hussein et Heyder revinrent sur le tillac, dès la pointe du jour ; Hussein continua sa narration.

Depuis que Nisam avait quitté la cour de Delhy, la discorde semblait y avoir établi son empire : Mohammet Schas eût donné une de ses plus vastes provinces à qui l'eût délivré de cet insolent ennemi ; mais il le craignait autant qu'il le détestait ; l'un de ces sentimens retenait l'autre dans le fond de son ame. La renommée, qui se plaît à défigurer les évènemens éloignés, représentait Nisam tantôt écrasé par les Français, tantôt victorieux et triomphant dans la péninsule

de l'Inde ; le grand-visir Gasiodin répandait lui-même ces bruits menson-
gers , tenant ainsi en haleine les nom-
breux émissaires payés par son père ,
dans la capitale , pour égarer l'opinion publique.

Le malheureux monarque, enfermé
dans son sérail , déplorait en secret
la fatalité de sa destinée. Mirs Abdalak, dont j'ai déjà parlé , s'était em-
paré des pays montagneux , depuis le
Candahar jusqu'à Cachemire. Profitant de la désolation de l'Indostan ,
il s'avançait sur Delhy. Le grand-visir fut tué dans une bataille qu'il n'a-
vait pas voulu gagner.

En vain Nadim-Zaeb fit des prodiges de valeur ; les Mogols furent
défaits : Delhy tomba sans défense au
pouvoir des Patanes ; ils égorgèrent,
durant plusieurs jours, les habitans
de cette cité , sans distinction d'âge
ni de sexe : les dévastations commises

par Nader-Schas étaient peu de chose auprès de cette nouvelle calamité. Abdalak, feignant d'être persuadé que les vaincus avaient caché leurs richesses, ordonna la démolition des édifices pour les trouver. Enfin, le feu acheva de détruire ce que la hache et le marteau avaient épargné, et lorsque Delhy fut abandonnée par Abdalak, qui prenait alors le titre de roi des Aghuans, une montagne de ruines, et l'odeur infecte d'une infinité de cadavres, annonçaient seuls que cette solitude renfermait auparavant la plus superbe métropole de l'Asie.

Achmed-Schas, parvenu à l'empire par la mort de son père, rassemblait dans Agra les débris de ses forces. Il reçut quelque consolation en apprenant la mort de Nisam ; il laissait un grand nombre d'enfans, parmi lesquels on distinguait Mousa-

Fer-Zind , Sala-Bet-Zind , Nazer-Zind et Mirs-Mogol; chacun de ces princes se signala dans les guerres du Dekan.

Achmed - Schas , pour éviter la subversion totale de l'em pire , reconnut Mirs-Abdalak en qualité de roi des Aghuans. Il lui abandonna , à la charge d'un simple hom mage , les vastes provinces situées de l'Indus au Gange , et des frontières de la Tart rie aux ruines de Delhy. Hussein f encore interrompu dans cet endr de sa narration. Il revint bientôt re- joindre Heyder, et finit en ces termes.

CHAPITRE L.

Suite des aventures d'Hussein. — Azeima fixe sa résidence dans Agra ; elle apprend la mort d'Heyder, et réclame le droit de se brûler.

LES troubles du Dekan avaient déterminé Azeima à quitter, avec sa mère, le séjour de Golconde, pour fixer sa résidence dans Agra, auprès de son frère, Mirs-Mogol, qui venait d'être déclaré grand-visir. L'amour était la secrète cause de ce voyage, auquel s'était prêtée une mère idolâtre de sa fille : depuis plusieurs années, la tendre Azeima n'avait aucune nouvelle de son amant. L'absence, loin d'éteindre sa passion, l'enflammait davantage ; à peine arrivée dans la ville impériale, elle apprit que vous n'étiez plus au nombre des vivans. Le désespoir s'empare de son ame, elle se décide à vous suivre dans le tombeau.

J'étais chez l'empereur, avec Nadim-Zaeb : le divan s'occupait d'une affaire importante, lorsque les huissiers annoncent une jeune personne qui demandait audience ; c'était Azeima. Mon étonnement augmente, lorsque je la vois s'avancer au pied du trône, en habit de grand deuil, suivie de plusieurs jeunes filles vêtues comme elle.

Jamais votre amante n'avait paru si belle ; l'air de langueur répandu sur son visage, ne la rendait que plus intéressante. Tous les regards se tournaient sur elle : l'empereur Schas-Achmed la voyait pour la première fois ; ses charmes blessèrent profondément le cœur de ce prince ; il ne voyait, il n'entendait qu'elle ; mais son fils, le sultan Asum, parut encore plus ému.

Azeima s'avançant sur les marches du trône, dit à l'empereur, d'un ton de voix ferme, qui nous arracha des larmes : Vous voyez à vos pieds, seigneur, une malheureuse amante, qui, n'espérant plus de bonheur sur la terre, vous demande la permission de mourir. S'adressant ensuite à Nadim-Zaeb : Vous fûtes témoin, dans d'autres temps, du penchant qui m'entraînait vers votre fils ; vous daignâtes même quelquefois favoriser, par le sourire de vos regards paternels, l'espoir que je concevais de mon bonheur ; mais vous ignorez que je reçus la foi d'Heyder, et que je lui donnai la mienne. Nos sermens ne sont déposés aujourd'hui que dans le secret de mon cœur. Je ne m'occupais, durant la vie d'Heyder, que de sa félicité ; c'est d'après cette façon de penser , que, n'ignorant pas que vous lui destiniez une autre épouse , je dévorai ma douleur , sans me prévaloir de ses promesses. Personne ne m'enviera le triste usage que j'en veux faire aujourd'hui.

Mon époux est mort , je veux le suivre dans le tombeau. Si mon sort excite quelque pitié , je goûte du moins la satisfaction d'avouer publiquement que je fus unie au prince le plus aimable et le plus vertueux. Je ne me plains pas de sa perte , vous êtes le seul à plaindre. La mort qui vous enlève votre fils , me rend mon époux. Nous allons être réunis dans le sein de Brama ; tandis que s'il eût vécu , mille obstacles se seraient opposés peut-être à notre union sur la terre.

Un discours aussi extraordinaire , jeta tout le conseil dans un morne silence : nous fûmes fort embarrassés , lorsqu'Azeima fut sortie avec ses

compagnes ; Nadim-Zaeb, frappé de
ce dévouement sans exemple , se re-
prochait les détours de sa politique ,
et si dans l'instant vous eussiez paru
dans le palais , il eût couronné de ses
mains une flamme si pure. L'empereur nous consultait sur le parti qu'il
avait à prendre.

Les Mogols, attachés à la religion
mahométane , ne pouvant déraciner
l'usage où quelques femmes des castes
supérieures étaient de se brûler après
la mort de leur époux , en rendaient
l'exécution moins fréquente , par tous
les obstacles qu'ils pouvaient y appor-
ter ; mais la circonstance était épi-
neuse. L'empereur , entouré d'ennemis , chancelait sur son trône. La principale force de ses armées consistait
dans quelques tribus de Marattes , qui
professaient la religion des brames
avec plus d'exactitude que les autres
tribus de cette nation ; on craignait

de les mécontenter , en rejetant ou-
vertement la demande d'Azeima ,
faite devant une cour nombreuse.
D'ailleurs les brames prêchaient dans
toutes les provinces , que les succès des
Européens n'étaient dus qu'à la trans-
gression publique des préceptes de la
religion , dont l'observation avait
rendu l'Inde florissante pendant des
millions de siècles ; ils annonçaient
de nouveaux malheurs , et la destruction totale de l'empire.

On déplorait amèrement le sort de
votre amante infortunée ; mais dans
un moment où le moindre murmure
de la part du peuple menaçait d'une
révolution , le plus grand nombre
opinait à permettre le sacrifice d'A-
zeima. Schas - Achmed , lui-même ,
partagé entre les sentimens de son
cœur et son intérêt , gardait obstinément le silence. L'égarement de ses
yeux annonçait la violence qu'il se

faisait, pour combattre la révolte de ses sens. L'arrêt allait être prononcé, c'était un arrêt de mort, lorsque la mère d'Azeima parut dans la salle du conseil.

Cette dame se trouvait dans son appartement, lorsque sa fille revenait du palais. Les habillemens funèbres dont elle la vit revêtue, furent la voix qui l'avertit du malheur dont elle était menacée. Connaissant la fermeté d'Azeima, elle sentit tout-à-coup que la tranquillité dont elle affectait les dehors, était le fatal effet du projet funeste dont il serait difficile de la détourner ; il lui restait un moyen pour en retarder l'exécution, elle s'en servit.

CHAPITRE L I.

*La mère d'Azeima trouve un pré-
texte pour retarder le sacrifice de
sa fille.*

Lorsque la mère d'Azeima fut introduite dans le divan, j'éprouvais
un frissonnement universel ; il parut
se communiquer à tous ceux qui
étaient présens. Mère infortunée !
nous partagions bien sincèrement ta
douleur. Elle se jeta aux pieds de
l'empereur ; mais quand elle voulut
expliquer le motif qui la conduisait
au palais, sa langue ne proféra que
des sons vagues, inarticulés ; elle ne
parla que par ses larmes. Sa langue
se déliant enfin, après un long silence :
Grand prince, regardez en pitié une
déplorable mère. Ma fille vous a de-
mandé la permission de s'immoler sur

le bûcher d'Heyder. Ma mort accom-
pagnera la sienne ; cependant je respecte trop les usages de ma caste,
pour opposer mon autorité mater-
nelle à sa résolution barbare. Je per-
mets un sacrifice horrible, que mes
yeux ne verront pas ; mais ma fille est
bien jeune.

Permettez, seigneur, que j'éprouve
sa constance, par les délais que la religion elle-même autorise. Les lois
hanscrètes du Védam, en permettant
aux veuves de se brûler dans les obsèques de leur époux, n'autorisent
ce sacrifice que lorsqu'elles ont at-
teint leur vingt-cinquième année.
Azeima n'a que vingt ans ; j'ai droit
de la garder auprès de moi, jusqu'au
temps déterminé par la loi. Je ne la
retiendrai plus alors, si la mort d'Heyder est certaine, et si mes larmes, ni
les égards dus à ma vieillesse, n'at-
tachent pas ma fille à la vie.

Achmed-Schas ne cherchait qu'un prétexte plausible pour éluder la demande d'Azeima, sans occasionner des murmures; il applaudit à celui qui s'offrait. Quelques uns des principaux brames furent consultés pour la forme. L'empereur, d'après leur avis, rendit une déclaration royale, dans laquelle Azeima obtenait la permission de suivre les mouvemens de son courage, en accompagnant Heyder, son époux, au tombeau; mais attendu la jeunesse de cette dame, et que la mort de Heyder n'était pas entièrement certaine, il en renvoyait à cinq ans les obsèques solemnelles.

Tout le monde reconnut la justice de cette décision; elle fut publiée dans Agra. Azeima seule la trouvait trop rigoureuse; elle se considérait comme exilée sur la terre, durant les cinq ans qui devaient précéder son sacrifice; cependant elle se soumit; mais en

même temps elle résolut de vivre entièrement retirée du monde, à l'exemple de sa mère, et à la manière des
veuves que des considérations particulières empêchaient de suivre leur
époux sur le bûcher.

Cet évènement, en renouvellant
dans l'ame de Nadim-Zaeb la douleur qu'il ressentait de votre perte,
lui rendit le séjour d'Agra insuppor-
table ; il fit un voya ge à Pondichéri,
auprès de Dupleix, pour concerter
avec lui les moyens de tirer quelque
avantage des troubles du divan.

Avant de quitter la ville impériale,
Azeima reçut une visite de sa part ; il
lui donna sa parole, que si le sort vous
rendait aux vœux paternels, il con-
sentait d'avance à votre mariage avec
elle.

J'obtins dans cette circonstance la
permission de revenir dans la vallée
de Dinam. Ce ne fut pas sans le plus

cruel déchirement que je reconnus la petite rivière, sur les bords de laquelle nous avions été dépouillés par nos esclaves. Elle me guida vers la grotte; je la traversai à l'aide de quelques flambeaux; je me rendis dans la vallée, dont les chemins m'étaient parfaitement connus.

CHAPITRE LII.

Hussein revient dans la vallée de Dinam, et retourne dans l'Indostan.

Les habitans de cette solitude me reçurent avec empressement ; on m'apprit le séjour que vous y aviez fait avec Ferisha, et que vous en étiez sorti sans qu'on sût ce que vous étiez devenu. J'étais plus instruit, dans cette occasion, que les habitans de la colonie. Je ne doutais pas que vous n'eussiez pris le chemin du souterrain, pour vous rendre à Debul, ou revenir sur les bords de l'Indus. Je communiquai mes conjectures à Luzein et à son épouse ; ces bonnes gens en furent effrayés. Ils ne pensaient pas que les routes ténébreuses de ce labyrinthe fussent connues par d'autres

tres hommes que par les voleurs. Je
les surpris en leur apprenant que j'a-
vais traversé deux fois ce souterrain,
et que c'était peut-être l'unique issue
par laquelle on pût sortir de leur retraite, sans passer la mer.

Les prières de Zulmire et de son aimable fille, ne me retinrent qu'un
mois dans la colonie. J'aimais passionnément Zulie ; mille traits qui n'é-
chappent pas aux yeux d'un amant,
m'assuraient que j'étais payé d'un
tendre retour. Les devoirs de l'amitié
m'arrachèrent aux douces espérances
de l'amour. Je versai des larmes en
quittant ce séjour tranquille, où je
laissais la moitié de moi-même; je
promis d'y revenir aussi-tôt que je le
pourrais.

Je m'informai à Debul s'il en était
parti quelque vaisseau, dans le temps
où je jugeais que vous pouviez vous
être trouvé dans cette ville. On me

Tome II.   F

dit qu'un navire anglais avait fait voile pour Madras ; ce rayon d'espérance m'engagea à monter un autre vaisseau anglais qui venait d'Olmuts, et qui devait visiter, en allant à la Chine, les établissemens européens, sur la côte de Malabar.

Je pris terre à Surate, d'où je me rendis à Amadabad. Ce pays, jadis si fertile, se ressentait cruellement du terrible fléau de la guerre. Quand je voyais ces provinces si riches, si populeuses, changées en une immense solitude, je ne pouvais m'empêcher de déplorer l'aveuglement des hommes ; n'ayant que peu de jours à passer sur la terre, ils abrègent ce terme déjà si court, par leurs dissentions, et s'entre-égorgent pour des intérêts qui souvent leur sont étrangers et inconnus.

Nadim-Zacb n'était pas de retour dans Agra, je fus le chercher à Pon-

dichéri. La p/ix avait été publiée
en 1748 , entre les cours de Paris et
de Londres ; mais divers évènemens
avaient amené à Madras et à Pondichéri un nombre de soldats européens
beaucoup plus grand que les Anglais,
ni les Français n'en avaient jamais
eu dans l'Inde. Ces soldats, au lieu de
retourner dans leur patrie, restèrent
dans la péninsule, et comme s'il eût
été impossible que des forces militaires , capables de former des entreprises , pussent rester dans l'inaction.
Les deux établissemens n'étant plus
autorisés à combattre directement
l'un contre l'autre , résolurent d'employer leurs armes à fomenter les
contestations qui naissaient entre les
enfans de Nisam ; de-là les nouveaux
troubles de l'Inde.

Les Anglais s'étaient procuré une
propriété territoriale assezvaste pour
contenir un nombre de manufactu-

riers capables de fournir une partie
de leurs chargemens. Dupleix, gouverneur des établissemens français,
se flatta d'acquérir, par des conquêtes rapides, un avantage encore
plus considérable : il étudiait, depuis long-temps, le caractère des
princes mogols, leurs intrigues, leurs
intérêts croisés. Il avait acquis, sur
ces objets, des lumières qui manquaient à presque tous les hommes
d'état élevés à la cour d'Agra. Ces
connaissances, profondément com-
binées, l'avaient convaincu qu'il
pouvait se procurer une influence
principale dans les affaires de l'Indostan, et peut-être en devenir l'arbitre.
La trempe de son ame le portait à
vouloir au-delà de ce qu'il pouvait,
elle donnait une nouvelle force à ses
réflexions.

Rien ne l'effrayait dans le rôle
qu'il se disposait à jouer à six mille

lieues de sa patrie ; il n'était frappé que de la glorieuse perspective d'assurer à la France une domination nouvelle au centre de l'Asie, et de la mettre en état, par les revenus qu'elle en tirerait, de couvrir les frais de commerce et les dépenses de souveraineté. Il voulait même affranchir la France du tribut que le luxe payait à l'industrie indienne, en procurant aux négocians français des cargaisons riches et nombreuses achetées sans aucune exportation d'argent, mais dont les fonds seraient faits par l'excédant des revenus territoriaux. Plein de ce superbe projet, Dupleix saisit, pour l'exécuter, l'occasion que lui offrait la mort de Nisam.

Ses deux enfans, Mousa-Fer-Zind et Nazer-Zind se disputaient la Soubadie du Dekan, d'où dépend la Nabadie de Carnate, dans laquelle les villes de Madras et de Pondichéri sont

situées : les Anglais protégeaient Nazer-Zind ; Dupleix embrasse le parti
de Mousa-Fer-Zind, le rend victorieux, et en reçoit le titre de Nabad
du Carnate.

Nadim-Zaeb accompagnait les
lieutenans de Dupleix dans leur
marche triomphante ; il voyait enfin
la fortune lui frayer la route pour
rendre à sa femme le trône de ses
pères. Dupleix, en lui confiant un
bataillon français, pour cette expédition, lui donna les conseils qui
furent la règle de sa conduite et celle
de son fils.

J'ai observé que de temps immémorial, le Maissour était gouverné
par une dinastie royale descendante
de Brama. L'éclat de cette origine
était le plus ferme soutien du trône
de ces princes. Amollis par une longue suite de prospérités, ils s'occupaient presque uniquement des céré-

monies du culte , et laissaient tout
leur pouvoir entre les mains d'un
premier ministre , sous le titre de
vice-roi. Nisam , maître du Maissour ,
par le droit de conquête , respecta les
préjugés populaires , en plaçant sur
le trône un brame d'une branche
collatérale des anciens rois , ou du
moins qui passait pour appartenir à
cette famille privilégiée.

Lorsque Mouza-Fer-Zind , protégé
par Dupleix , rendit le Maissour à
Nadim-Zaeb , il lui représenta que ,
bien que Heyder , en qualité d'unique
héritier de Paramba, fût le successeur
légitime des anciens souverains de
Maissour , les brames ne le reconnaî-
traient pas pour appartenir à leur caste,
sur-tout à la première génération : il
lui conseilla donc de laisser sur le
trône le brame qui l'occupait, de lui
donner le titre de Rajah, et de se contenter lui-même de celui de vice-roi ,

de confondre ainsi le droit de conquête avec celui de naissance , en attendant que le temps qui consolide ,
ou qui détruit tous les établissemens
humains , permît d'anéantir un si-
mulacre de roi , dont la personne ni
les desseins n'étaient point à craindre.

Dupleix conseilla encore à Nadim-
Zaeb d'embrasser la religion musulmane que professaient les Mogols ,
maîtres de presque toutes les grandes
propriétés de l'Inde. Nadim, reçu dans
toutes les places, et même dans l'importante forteresse de Barcelor , se
préparait à organiser la nouvelle régence , lorsqu'une nouvelle révolution , qui se préparait sur la côte de
Coromandel , força Mouza-Fer-Zend
à rappeler son armée. Nadim Zaeb ,
craignant d'être attaqué par les Anglais , se renferma dans la forteresse
de Parcelor ; le chagrin lui donna
une maladie qui devînt mortelle ,

malgré tout l'art des médecins. Il mourut dans mes bras, après m'avoir donné par écrit les avis qu'il tenait de Dupleix, et m'avoir chargé de vous les transmettre.

Je pourvus alors de mon mieux à la sûreté de Barcelor; j'en informai Dupleix, et je m'embarquai dans un vaisseau qui faisait voile pour Olmuts. C'était la route la plus courte pour me rendre à Hispahan, où j'espérais enfin d'apprendre de vos nouvelles. Je montai donc sur ce vaisseau; il me paraissait cependant en si mauvais état, que je craignis qu'il ne soutînt pas les fatigues de la mer; mais n'étant pas marin, témoin d'ailleurs de l'allégresse avec laquelle les matelots s'embarquaient, je finis par me persuader que ce navire n'était pas aussi mauvais qu'il le paraissait.

CHAPITRE LIII.

Troisième voyage d'Hussein dans la vallée de Dinam. — Il épouse Zulie.

Nous étions à peine en pleine mer, qu'on fut convaincu que le bâtiment ne ferait pas le voyage. Le capitaine se vit forcé de se réfugier vers les bouches de l'Indus. Nous mouillâmes à la mauvaise rade de Pacha, dans la province de Soret, en Perse. Je m'apperçus bientôt que notre navire ne serait pas de long temps en état de tenir la mer ; l'ennui me suggéra le parti auquel je dois le bonheur de vous revoir.

Je me rendis dans la vallée de Dinam, dont je n'étais pas éloigné. Zulmire et Zulie n'espéraient pas de me revoir si-tôt ; on solemnisait quel-

ques jours après la fête de la pleine
lune : j'offris ma main à Zulie pour
l'accompagner au sacrifice ; elle dai-
gna l'accepter ; que ne fis-je pas pour
hâter le moment heureux qui devait
nous unir ? Les usages de cette char-
mante vallée n'admettent point de
dispense ; j'attendis le jour qui devait éclairer mon bonheur ; il parut ,
et je fus le plus fortuné des époux.

Mon incertitude sur votre sort
troublait seule la paix dont je jouissais , ou plutôt je ne jouissais pas
d'un seul moment de tranquillité par-
faite. Zulie était la confidente des
secrets de mon cœur ; nous mêlions
nos larmes ensemble , en parlant de
vous , et vous étiez tous les jours le
sujet de nos entretiens. Enfin , malgré les liens que je venais de contracter dans la colonie , je résolus d'en-
treprendre le voyage d'Hispahan. Zulie voulut m'accompagner ; nous

nous dérobâmes aux embrassemens
de Luzein et de Zulmire , après les
avoir assurés que nous reviendrions
dans la vallée , pour ne la plus quitter.

J'étais à Debul depuis deux mois ,
sans avoir trouvé aucune occasion de
m'embarquer pour Olmuts , lorsque le
vaisseau sur lequel nous sommes,
mouilla dans le port ; j'appris qu'il
allait dans les Indes. Cette destination
contrariait mon plan de me rendre à
la cour de Perse ; mais le séjour de
Debul déplaisait si fort à mon épouse,
que nous résolûmes de monter sur ce
navire , où je n'espérais pas de vous
rencontrer.

CHAPITRE LIV.

Heyder débarque à Barcelor.

Le récit qu'Hussein venait de faire, engageait Heyder à prier le capitaine de relâcher au port de Barcelor. Il voulut bien y consentir ; cette forteresse était en bon état de défense, mais les affaires de la péninsule ne permettaient pas à Heyder de tenter des conquêtes ; il crut au contraire devoir se rendre à l'armée de Mousa-Fer-Zind, qui s'avançait vers la côte de Coromandel. Azeima fut prévenue de cette résolution.

Dupleix jouissait du prix de sa politique industrieuse ; Mousa - Fer-Zind lui avait fait les concessions les plus étendues.

A la tête de ces acquisitions, était l'île célèbre de Scheringhan, formée par deux bras du Caveri. Cette île vaste et fertile doit son nom à une pagode fortifiée, comme sont dans l'Indostan la plupart des grands édifices destinés au culte public. Le temple est entouré de sept enclos carrés, éloignés les uns des autres de trois cent soixante-cinq pieds, et fermés de murs très-épais et très-élevés.

L'autel est au centre ; les brames ont la politique de ne laisser entrer aucun étranger dans leurs temples. Un savant, qui pourrait y être admis, trouverait peut-être dans la forme et la construction de l'édifice, dans les emblêmes qui le décorent, dans les cérémonies du culte public, et dans les traditions particulières à ces enceintes sacrées, des sources d'instruction et de lumière sur l'histoire des siècles les plus reculés. Les pélerins de l'Indostan y viennent chercher l'absolution de leurs péchés, et ne se présentent jamais sans une offrande proportionnée à leur fortune. Ces dons étaient encore si multipliés vers le milieu du dix-huitième siècle, qu'ils faisaient subsister dans les douceurs d'une vie oisive quarante mille brames. Ces prêtres, malgré les gênes de leur état, paraissaient tellement satisfaits de leur situation, qu'ils quittaient rarement leur retraite, pour se mêler des intrigues de la politique.

Indépendamment des autres avantages que la pagode de Scheringhan offrait aux Français, ils y trouvaient une position militaire qui devait leur donner une grande influence sur les pays voisins, et un empire absolu sur la province de Tanjaour, parce qu'ils pouvaient intercepter les eaux nécessaires à la culture du riz, principale production du pays.

Le compétiteur de Mouza-Fer-Zind

fut défait par un petit nombre de
Français , et tué dans le combat. La
compagnie des Indes française par-
vint rapidement au comble de la
prospérité ; elle possédait, non-seulement l'île de Scheringhan et quatre-
vingts aldées ou villages dans les environs de Pondichéri et de Karikal,
mais ses établisssmens embrassaient
le Condavir , Masulipatnan , l'île de
Dioy , et les quatre districts de Chi-
cacol , de Ragimadri , d'Elour , et
de Mouta-Fanagar. Dupleix était reconnu Nabad par l'empereur mogol ,
dans tout le pays au sud de la rivière de Crisna , entre les montagnes
des Gattes et la mer. Il dominait sur
une étendue de pays aussi grande que
le tiers de la France.

Il fut ordonné qu'aucune autre
monnaie n'aurait cours dans la Carnate , quecelle qui aurait été frappée dans Pondichéri. Tous les reve-

nus impériaux de cette contrée devaient passer dans les mains de Dupleix, qui n'en rendait compte qu'au
Souba du Dekan.

Mousa-Fer Zind quitta Pondichéri
le 4 janvier 1751, accompagné d'un
corps de deux mille Français, commandé par Bussi, si célèbre dans la
suite par ses talens militaires. Ce fut
dans cette occasion qu'Heyder, ayant
obtenu de Duplex la permission d'en-
rôler quelques Français, s'en servit
pour former à la tactique européenne un corps de troupes, auquel
il dut ses principaux succès dans la
suite. Mousa-Fer-Zind lui promettait
de le faire reconnaître dans toutes les
provinces qui composaient le Maissour et le Canara, lorsque des nouvelles qu'il reçut d'Agra le décid èrent
à faire un voyage dans cette capitale.
Il laissa le commandement de ses bataillons exercés à l'européenne à son
frère Moctum-Zaeb.   F 2

CHAPITRE LV.

Mort de la mère d'Azeima. — Le Persan Mirsa-Mula dans Agra.

On lui apprenait que la mère d'Azeima touchait au terme de sa vie ; Heyder n'arriva que pour recevoir ses derniers soupirs. La cérémonie de son mariage avec Azeima fut fixée après les six mois du grand deuil.

Les deux amans jouissaient dans cet intervalle du plaisir de se voir tous les jours sans contrainte. Azeima voulait connaître les moindres circonstances des singulières aventures d'Heyder, qui n'avait rien de caché pour elle. Arrivé à son esclavage de Bassora, il lui parla du bonheur qu'il avait eu dans cette occasion, de tomber dans les mains de la généreuse

Zama. Il faisait le récit des bienfaits dont cette dame l'avait comblé ; la reconnaissance broyait les couleurs du tableau qu'il présentait à son amante. Heyder convint avec franchise que Zama l'avait tendrement aimé, et que si son cœur avait été libre, il eût partagé des sentimens fondés sur l'estime, et qu'une gratitude sans bornes autorisait.

Azeima voulut connaître plus particulièrement cette dame à laquelle son époux avait des obligations aussi essentielles. Elle s'informa de son rang, du temps qu'Heyder avait passé chez elle. Il la satisfit ; il lui avoua même qu'il avait reçu de Zama les marques les moins équivoques de son amour, et, qu'instruit de son extrême sensibilité, il ne doutait pas que son absence ne l'eût vivement affectée.

Quelques jours après, arriva dans Agra un jeune Persan nommé *Mirsa-*

Mula.. Il voyageait depuis plusieurs années dans l'Europe et dans l'Asie. Projetant de faire quelque séjour à la cour impériale des Indes, il se fit présenter à l'empereur Schas-Achmed par l'ambassadeur de Perse, qui l'introduisit ensuite dans les principales maisons de la ville.

La suite de cet étranger n'était pas extrêmement nombreuse ; elle annonçait cependant qu'il tenait un rang distingué dans sa patrie. D'ailleurs, ses manières parlaient hautement en sa faveur ; il fit une visite au grand - visir Mirs - Mogol. Azcima se trouvait dans l'appartement de son frère ; elle ne fut pas fâchée de le voir, pour juger par elle-même s'il méritait tout le bien qu'on disait de lui dans les sociétés, depuis son arrivée.

Elle fut extrêmement surprise, lorsqu'elle vit cet étranger rougir

plusieurs fois en la regardant. Cependant elle fut satisfaite de sa conversation , et ne comprenait rien à
l'émotion qu'elle avait remarquée
dans ce jeune homme, elle l'attribua
à sa grande beauté dont il avait été
frappé sans doute.

Heyder entra dans l'appartement
d'Azeima , une heure après le départ
de Mirsa-Mula. Elle lui fit confidence
de la visite que son frère venait d'en
recevoir ; elle lui témoigna que cet
étranger paraissait d'un commerce
fort agréable.

Il avait été présenté la veille à
Heyder , qui sentit à sa vue une secrète émotion dont il ne démêlait pas
la cause. Il en parlait à Azeima, qui
lui témoignait sa surprise de ce qu'il
ne l'avait pas vu à Bassora, puisque
ce jeune homme venait de lui dire
qu'il habitait cette ville dans le temps
qu'Heyder était chez Zama. Je n'ai

pas eu des liaisons particulières avec Mirsa-Mula, répondit Heyder ; cependant sa physionomie ne m'est pas inconnue ; je l'ai vu quelque part ; il entra plusieurs personnes, et la conversation changea d'objet.

Quelques jours après, on annonça l'étranger Persan, pendant qu'Heyder était chez son épouse. Mirs-Mogol se trouvait dans une pièce voisine.

Madame, lui dit-il avec une grace touchante, Heyder-Kan et Mirs-Mogol m'ont fait la faveur de m'agréer au nombre de leurs serviteurs ; j'ose espérer que la marque la plus précieuse qu'ils voudront bien me donner de leur bienveillance, sera de me permettre de vous offrir mes hommages, pendant le séjour que je me propose de faire dans cette capitale. Heyder répondit à ce compliment par une galanterie bannale ; il lui dit

que quelque dangereux qu'il fût d'a-
voir pour confident auprès de son
amante un homme aussi aimable, il
passerait sur ces considérations, parce
qu'il comptait sur les lois de l'amitié.

Ce dernier article ne serait pas un
bouclier à toute épreuve, reprit le
jeune étranger ; les charmes d'Azeima
font une impression que toutes les
armes de la raison combattraient
peut-être vainement ; mais, hélas !
continua-t-il en soupirant, je ne suis
plus le maître de mon cœur ; un fatal
penchant l'entraîne vers un objet qui
me rend le plus infortuné des hommes. Mirsa-Mula ne put contenir ses
larmes, en faisant cette réflexion ;
il allait continuer, lorsqu'il fut interrompu par l'arrivée de plusieurs
personnes.

Lorsqu'Heyder fut seul avec Azeima, ils résolurent, de concert, d'en-

gager le jeune Persan à leur faire le récit des évènemens de sa vie. L'occasion s'en présenta bientôt, il contenta leur curiosité.

CHAPITRE

CHAPITRE LVI.

Mirsa-Mula raconte les événemens
de sa vie.

« Il ne paraît pas vraisemblable
qu'étant aussi jeune, l'amour m'ait
déjà fait éprouver ses plus dange-
reuses rigueurs ; j'en suis cependant
une des plus tristes victimes. En revenant de Constantinople, où j'avais
passé quelques mois au commencement de mes voyages, je résolus de
visiter le temple de la Mecque, et de
m'embarquer ensuite pour Ormuts et
pour les Indes ; à mon arrivée à la
Mecque, j'appris qu'une caravane
nombreuse partait incessamment pour
Bassora. Je me joignis à ces voya-
geurs, pour me rendre, soit à Hispahan, par la route de Ragian et du

Tome II.   G

Cobad, soit dans l'Indostan, par le golfe Persique.

» Il y a près de deux ans que j'arrivai à Bassora. Je jouissais alors d'une tranquillité d'ame à laquelle succéda bientôt le plus cruel orage ; ma fortune me procurait les moyens de faire aisément des connaissances. Je fus admis dans les meilleures compagnies ; quelqu'un me proposa de me présenter dans une maison dont la maîtresse passait pour une femme des plus accomplies. Je la vis, et je la trouvai au-dessus des éloges qu'on lui prodiguait de toute part. Elle était veuve depuis quelque temps, et jouissait d'une grande fortune. Heyder Kan l'a sans doute connue ; elle se nommait *Zama*. A ce nom, Heyder ne put s'empêcher de rougir ; l'étranger ne fit pas semblant de s'en appercevoir, et continua son récit.

« Il me fut impossible de voir plu-

sieurs fois la belle Zama , sans res-
sentir pour elle la plus brûlante
flamme. J'obtins la permission de lui
faire ma cour, je la sollicitais avec
instance ; mes yeux furent chargés
seuls, pendant quelque temps, d'expliquer ma passion. Je m'apperçus
bientôt que leur langage n'était pas
entendu , ou du moins qu'on feignait
de ne pas l'entendre , je résolus de
parler plus clairement.

» Je puisai dans mon cœur les termes
les plus tendres et les plus expressifs
pour peindre les sentimens de mon
ame. Zama fut insensible ; je connais
vos bonnes qualités , Mula , me dit-
elle un jour ; je fais cas de votre mé-
rite , mais je ne puis vous accorder
que l'estime que tout le monde vous
doit. Cherchez à vous guérir d'une
passion que je ne partagerai jamais.
Ce début ne me rebuta pas , je me
flattais de triompher de la froide
Zama par ma persévérance.

» C'était en vain que je me livrais au plus chimérique espoir. Un jour que, seul auprès d'elle, je lui parlais de mon amour avec la vivacité que peut inspirer la présence d'un objet tendrement aimé, Mirsa-Mula, me dit cette aimable dame, puisque mon indifférence ne suffit pas pour éteindre votre passion, il faut que j'emploie le dernier remède qui me reste pour vous guérir. Sachez donc que vous avez un rival que j'aime, que rien au monde ne saurait l'arracher de mon cœur, et que loin de me plaire par vos assiduités, je vous haïrais infailliblement, si vous les continuez.

» Cruelle Zama ! m'écriai-je à ce discours inattendu, ce n'était pas assez de m'apprendre que je ne saurais vous plaire, deviez-vous porter l'inhumanité jusqu'à me faire savoir vous-même qu'un rival trop fortuné triomphe d'un cœur dont la possession comblerait tous mes vœux ? Mais je ne contribuerai pas à vous rendre malheureuse ; je m'exile à jamais de votre présence, aimable Zama ; je me priverai du plaisir de vous voir, sans renoncer à mon amour. Tenez-moi compte du sacrifice que je vous fais ; connaissez du moins par ma soumission à vos ordres, ce qu'était capable de produire la violence de ma passion.

» L'effort que je fis sur moi-même en cette rencontre me fut fatal ; je tombai dangereusement malade. Les portes de l'éternité s'ouvrirent devant moi. Ma jeunesse et la rigueur de ma destinée m'arrachèrent au port que la terre m'offrait dans son sein ; je sentis renaître ma passion avec mes forces : bientôt elle me tyrannisa si fort, que je me décidai à me présenter une dernière fois chez mon ingrate maîtresse. O Dieu ! je la trouvai dans un état qui déchire encore aujourd'hui mon cœur. Elle paraissait en proie au désespoir le plus violent. Ses pleurs inondèrent son visage aussitôt qu'elle me vit. Venez, Mirsa-Mula, me dit-elle, venez être témoin de l'horreur qui m'environne. L'ingrat qui possède mon cœur, l'ingrat que je vous ai injustement préféré, m'abandonne ; l'infidèle fuit, et, malgré la promesse qu'il m'a faite de revenir auprès de moi, je sais qu'il trahit ses sermens.

» Belle Zama, lui répondis-je en me jetant à ses genoux, oubliez pour toujours un monstre de perfidie, indigne des larmes que vous versez pour lui.

» Le puis-je, Mirsa-Mula ? Je sais tout ce que la raison devrait inspirer dans une semblable circonstance, et même ce qu'un juste dépit peut sug-

gérer pour se venger d'un perfide ;
mais mon amour l'emporte malgré
moi sur le dépit que devrait m'inspirer mon volage amant. Non, non,
poursuivit-elle avec transport, je ne
trouverai, je ne chercherai du soulagement à mon malheur, que dans
la mort que j'implore. Cruel ! conti-
nuait-elle avec mille sanglots, je
n'oublierai ta perte que lorsque mon
dernier soupir aura signalé ma constance. Zama prononçait ces paroles
avec tant d'action, que, craignant
pour ses jours, j'appelai ses femmes,
et je me retirai dans un état affreux.

» Témoin des transports de Zama
pour mon heureux rival, je voyais
assez que jamais je ne viendrais à
bout de la faire changer. Cependant,
je retournai le lendemain chez la
maîtresse de mon cœur ; je n'oubliai
rien pour rendre le calme à son ame :
je me servis successivement de toutes

les armes que le raisonnement peut
fournir, mes efforts furent vains.

» Je vous plains, Mula, me disait
cette femme infortunée, vous étiez
né pour être heureux ; c'est à regret
que je contribue à votre infortune ;
mais je ne suis pas maîtresse de songer à autre chose qu'à ma propre dis-
grace. Abandonnez un projet dans
lequel l'univers entier ne saurait réus-
sir. Mon cœur n'est plus en ma dis-
position, mon amant s'en est rendu
le maître ; il emporte avec lui la moitié de mon ame, l'autre moitié n'at-
tend que le tombeau.

» Je ne sais pas comment je pus
survivre à cette déclaration. Obligé
de renoncer au seul espoir de bonheur
qui me restait, je me déterminai à
m'éloigner de Bassora : je me rendis
chez Zama pour faire entendre mes
derniers adieux. Je ne saurais vous
représenter tout ce que l'amour et le

désespoir me suggérèrent dans ce
triste moment. Vous auriez, sans
doute, pitié de l'état dans lequel je
me trouvais; la cruelle Zama n'en
fut pas émue. Partez, Mirsa-Mula;
partez, me dit-elle, je ne peux que
vous plaindre, vous estimer, et mourir. Ce furent les seules paroles obli-
geantes que j'obtins de cette belle
désespérée. Je quittai Bassora dans un
si grand désordre de mes idées, que
je suis venu dans cette capitale sans
presque faire attention à la route que
j'ai tenue. Je me flattais d'y trouver
des objets propres à faire diversion à
mes chagrins. Mon espérance n'est
pas vaine, puisque vous daignez m'ad-
mettre dans votre société. »

Heyder prenait le plus vif intérêt
au sort de ce jeune étranger : Je vous
plains, Mirsa-Mula, lui dit-il lorsqu'il eut fini de parler, et c'est avec
d'autant plus de justice, que je suis

la cause de vos malheurs. Vous voyez ce rival qui vous était inconnu. C'est moi qui, sans le savoir, vous ai disputé le cœur de Zama ; si je ne partage pas sa passion, elle m'a comblé de tant de bienfaits, que je lui dois une reconnaissance éternelle.

Barbare Heyder ! interrompit l'étranger, en cachant quelques larmes qu'il versait, avez-vous eu le cœur assez dur pour n'être pas touché de l'état dans lequel vous avez réduit l'infortunée Zama ? Savez-vous qu'elle est prête à succomber sous le poids de son désespoir ? Je vous demande mille fois pardon, Madame, continua Mula en s'interrompant, je n'ai pas été le maître des premiers sentimens de mon ame. Vos charmes excusent le procédé d'Heyder ; cependant, je ne saurais m'empêcher de me plaindre d'un rival, lorsque non-seulement il m'enlève ma maîtresse, mais je le vois sur le point de lui arracher la vie.

Je ne condamne point vos sentimens, répondit Heyder ; mais que puis-je faire pour votre bonheur ? Si mon cœur, dégagé de ses premiers liens, se rendait à la constance de Zama, votre sort éprouverait-il quelque adoucissement ? Zama vous bannirait à jamais de sa présence, et vous auriez le chagrin de la savoir dans les bras d'un rival. Plût au ciel, s'écria l'étranger, que je fusse réduit à cette alternative ! j'aime Zama pour elle seule, et quand je devrais périr, je mourrais satisfait, si je savais que son bonheur fût affermi.

Je crois, répondit Azeima, qu'un sincère amant préfère en effet le bonheur de la personne aimée au sien même : vous pensez d'une façon bien délicate, Mirsa-Mula ; mais n'allez pas, je vous en conjure, inspirer à Heyder des sentimens contraires à ma tendresse. Ne craignez rien, Madame, reprit à son tour Heyder, j'ai des obligations infinies à Zama, elles seront éternellement présentes à ma mémoire; mais Azeima est maîtresse de mon cœur. Cette conversation embarrassante ne fut pas poussée plus loin.

Cependant Azeima commençait à craindre que ce jeune étranger, auquel chacun faisait tant d'accueil, ne balançât dans le cœur d'Heyder les sentimens qu'une reconnaissance sans bornes lui dictait pour Zama avec ceux qu'il lui jurait tous les jours à elle-même. Heyder s'apperçut de l'anxiété de son amante; il devint encore plus assidu auprès d'elle; c'était le moyen de prouver à Mirsa-Mula que ses anciennes liaisons avec Zama ne pouvaient être resserrées aux dépens des sermens, qu'avant de connaître cette dame il avait faits à Azeima dans sa patrie.

CHAPITRE LVII.

Azeima est enlevée par le fils de l'empereur.

Heyder allait quelquefois prendre le frais sous une avenue solitaire qui règne au bord du fleuve, à un mille d'Agra. Il fut un jour brusquement attaqué par douze hommes masqués, parmi lesquels il reconnut, malgré son déguisement, le sultan *Azum*, fils aîné de l'empereur Schas-Achmed. La petite société d'Heyder n'était composée que d'Azeima, de Zulie, de Mirsa-Mula, et d'Hussein. La résistance devint inutile, Azeima fut enlevée sous les yeux de son époux; un des ravisseurs la porta sur un cheval, et tous ensemble prirent la fuite si promptement, qu'Heyder eut à peine le temps de se reconnaître.

Hussein, sans s'arrêter à le consoler, lui promit en peu de mots qu'il
ne tarderait pas à découvrir la prison
dans laquelle le sultan conduisait
Azeima, et sans attendre sa réponse,
il courut à la ville, et monta à cheval.

Heyder revint tristement dans
Agra, résolu d'arracher la vie au sultan Azum, ou de perdre la sienne
par ses mains; cependant, l'infortunée Azeima, placée sur un cheval
devant un homme robuste, était en-
traînée rapidement, malgré les cris
qu'elle jetait, et les efforts qu'elle faisait pour lui échapper. La nuit qui
survint, acheva de la décourager.
L'horreur qu'elle ressentait l'avait
déterminée à se donner la mort, si ses
efforts pour sortir des mains de ses
ravisseurs étaient infructueux.

Vers le milieu de la nuit, les ravisseurs s'arrêtèrent dans une forêt.

Un d'entre eux présenta des fruits à
Azeima ; elle les refusa d'abord ;
mais faisant réflexion que malgré les
précautions qu'on prenait de la conduire par des routes écartées , il était
probable qu'Heyder découvrirait les
traces de ceux qui l'outrageaient
d'une manière si sanglante , elle crut
devoir conserver des jours qui lui
étaient précieux : elle demanda deux
heures de repos , et prit quelques ali-
mens, pour réparer ses forces. On la
remit à cheval les deux heures expi-
rées , et , durant toute la nuit , elle
traversa des pays qui lui paraissaient
inhabités.

Au lever du soleil , elle apperçut
un magnifique château dans lequel
on la fit entrer ; deux hommes la por-
tèrent dans un appartement meublé
avec magnificence , et se retirèrent.
Elle y était à peine depuis une heure,
que trois femmes apportèrent devant

elle une table, couverte, l'instant d'a-
près, des mets les plus exquis et des
boissons les plus délicieuses. Azeima
ne prêtait aucune attention à ce qui
l'environnait. Les femmes qui la servaient paraissaient touchées de son
sort ; elles lui parlaient dans une
langue étrangère, elles lui baisaient
les mains, et la pressaient de prendre
de la nourriture. L'affection qu'elles
témoignaient s'exprimait par des
signes si expressifs, que, pour les
contenter, elle mangea des fruits, et
but du sorbet. Ces mêmes femmes
continuèrent de la servir pendant tout
le séjour qu'elle fit dans ce château.
Azeima regardait son enlèvement
comme une entreprise de Mirsa-Mula.
Calculant la puissance de son frère et
de son époux, elle ne pensait pas que
ce rapt pût avoir pour elle aucune
suite sinistre. Cependant, trois jours
entiers s'étaient écoulés, sans qu'elle

reçût le moindre éclaircissement :
elle ne s'était point couchée depuis
cette époque ; elle employait les nuits
à lire ou à se promener dans ses ap-
partemens, et ne prenait du repos que
le jour, assise dans un fauteuil.

Ses yeux étaient appesantis par le
sommeil, lorsqu'un bruit imprévu la
tirant de son assoupissement, elle
voit devant elle le sultan Azum. Ce
prince, aux genoux d'Azeima, ne
proférait pas une seule parole. L'embarras et la confusion se peignaient
sur son visage : la première idée
d'Azeima fut que ce prince venait à
son secours; l'expression de ses regards lui faisant changer de pensée,
l'effroi la saisit; mais sa présence d'esprit soutenant son courage : Qu'atten-
dez-vous de moi par l'infamie de vos
procédés, lui dit-elle avec fermeté?
Une action déshonorante serait-elle le
chemin par lequel vous espérez d'ar-

river dans le cœur d'Azeima ? osez-
vous bien paraître à mes yeux ?

Le ton dont ces paroles furent pro-
noncées, déconcerta l'audacieux sultan. Il embrassait toujours les genoux de sa victime ; incertain, trem-
blant, sa langue cherchait une mauvaise excuse ; mais bientôt un coup-
d'œil que lui lança cette aimable pri-
sonnière le remplit de respect ; il s'a-
voua coupable, et rejeta son crime
sur la violence insurmontable de sa
passion.

C'est à moi, c'est à Azeima que s'a-
dressent des propos injurieux ! le sultan Azum parle d'amour, et c'est en
manquant à tous les égards qu'il doit
à mon sexe et à ma naissance qu'il
prétendrait me prouver cette ardeur
si vive ! Si j'ai le malheur de t'être
chère , rends-moi la liberté, charge-
toi de me ramener sur-le-champ dans le
sein de ma famille : le pardon que tu

sollicites , je te le promets à ce prix ;
que tout l'Empire apprenne que si l'erreur d'une passion coupable te préci-
pita dans le crime, la vertu triomphe
dans ton ame capable de remords. Au
surplus, apprends que celle qui brave
le tombeau ne tombe jamais dans l'esclavage , et ne redoute pas les atten-
tats des méchans. Le prince n'osa faire
aucune réponse ; confus désespéré ,
il sortit de l'appartement d'Azeima ,
la rage dans le cœur.

Les recherches d'Hussein avaient
été couronnées d'un heureux succès :
après avoir tenu, pendant quelques
heures, une route incertaine , il avait
enfin découvert la trace des ravisseurs;
s'approchant d'eux à petit bruit, lorsqu'ils ne songeaient qu'à se rafraîchir
dans la forêt , il ne les perdit de vue
que lorsqu'ils entraient dans le château de Banar.

Hussein n'était accompagné que

d'une seule personne de confiance ; il
la laisse auprès du château, et revient
à Agra. Le grand-visir Mirs-Mogol
avait déjà informé l'empereur de l'enlèvement d'Azcima ; des mesures
étaient prises pour la secourir dès que
le lieu qui la cachait serait connu. Au
retour d'Hussein , un ordre impérial
fut expédié. Heyder était autorisé de
retirer son épouse du château dans lequel on l'avait enfermée. Muni de
cette pièce essentielle, se chargeant
lui-même de l'expédition, il partit sur-
le-champ , accompagné de Hussein et
de deux cents cavaliers. On investit le
château de Banar le quatrième jour
de la détention d'Azcima.

Le concierge est sommé, au nom
de l'empereur, d'ouvrir les portes du
château. Le sultan Azum ne s'attendait pas à être si promptement relancé;
il n'avait pris aucune mesure pour se
défendre d'une attaque ; son parti fut

d'obéir. Le concierge conduisit Azeïma à ceux qui la réclamaient. Le sultan ne se montra pas ; Heyder n'avait
aucun intérêt à le voir dans ce moment.

Azeïma fut conduite en triomphe
dans la maison de Mirs-Mogol. Le sultan Azum parut le lendemain à la
cour ; il désavoua la part qu'il avait à
cette entreprise. Heyder dissimula de
son côté , en attendant l'occasion de
se venger.

CHAPITRE LVIII.

Heyder reçoit des lettres de Zama.

Quelques jours après, Heyder reçut un paquet de Bassora ; on le lui remit dans l'appartement de son épouse : la lettre fut ouverte en sa présence ; il lut le billet suivant :

« C'en est donc fait, Heyder, tu m'abandonnes sans retour. Je te demande en vain au ciel et à la terre, tout garde autour de moi un silence de mort. Le premier jour de ton absence s'est écoulé, une semaine non moins douloureuse lui a succédé ; le mois qui suivit aggrava encore mon tourment. Quel affreux avenir ! J'appelle la mort, et la mort ne vient pas. Si tu me voyais, pâle et défigurée, tu ne reconnaîtrais plus ton amante. Mais quel nom viens-je de prononcer ! tu

n'es pas mon amant; une autre possède
un cœur qui m'appartient à tant de
titres. Mon corps est sans mouvement,
mon cœur se déchire, ma raison m'a-
bandonne, une rage concentrée me
dévore; crains la fureur d'une femme
outragée, et tremble en songeant aux
excès que l'amour au désespoir est capable d'inspirer à Zama.

Azeima frémit à la lecture de ce billet. — O ciel! à quels malheurs som-
mes-nous donc réservés! — Calmez vos
craintes, les impuissantes menaces de
Zama ne sauraient m'intimider. Lais-
sons la douleur de cette dame s'exha-
ler en vains mouvemens que le temps
calmera dans la suite, et songeons à
presser le moment de notre union pour
prévenir de nouveaux obstacles. Le
jeune Persan fut alors annoncé. Vous
arrivez fort à propos, lui dit Heyder;
on vient de me remettre une lettre de
Zama; la voilà, vous pouvez la lire.
Mirsa-

Mirsa - Mula la parcourut avec étonnement. — Je vous avoue que le style
de cette dame me surprend ; je ne la
croyais pas capable d'un pareil em-
portement ; mais tel est le caractère
d'une première passion ; il n'est pas
rare de voir l'amour se changer en fureur ; le mépris et l'inconstance sont
des crimes impardonnables aux yeux
d'une amante.

J'en conviens, répondit Heyder ;
mais que peut contre moi l'impuis-
sant courroux de Zama ? Je vais m'u-
nir à l'objet de mes vœux, à celle à
qui j'avais promis ma foi avant mon
voyage de Bassora. Redouterais-je une
femme dont je suis séparé par un espace de mille lieues ? Ne vous y trom-
pez pas, reprit l'étranger, la ven-
geance est douce lorsque l'amour ou-
tragé en est le principe ; puisque
Zama n'a pas cessé de vous aimer,

Tome II.   II

elle est capable d'exécuter les choses les plus extraordinaires.

Vous me faites trembler, Mirsa-Mula, interrompit Azeima ; cette dame voudrait-elle se porter à des extrémités... — La chose se peut, soyez-en vous-même un exemple : à quelles tragiques extrémités ne fûtes-vous pas vous-même sur le point de vous porter, lorsque vous pensiez qu'Heyder-Kan était perdu pour vous ? Je connais le cœur de Zama; je sais, par une funeste expérience, quelle est la violence de sa passion pour Heyder... Oui, vous ferez sagement de vous mettre à couvert des effets de son délire.

Le mariage d'Heyder et d'Azeima devait se célébrer dans six jours. La veille, Azeima reçoit ce billet anonyme : Azeima, tu vas me désespérer ; crains tout de ma fureur en te livrant à ta tendresse.

Azeima était persuadée que ce billet venait de Zama. Zama se cachait peut-être dans Agra ; Mirsa - Mula n'était-il pas un émissaire envoyé de sa part ? Cette idée augmentait ses allarmes. Heyder entrait chez elle. — Voyez, mon cher Heyder, ce que nous avons à redouter d'une femme qui se croit méprisée : il n'en faut pas douter, ma rivale est dans cette ville ; je la vois prête à se venger. Puisse le ciel préserver mon amant du malheur qui le menace !

Vos craintes ne sont pas fondées, Madame, je reconnais parfaitement l'écriture de Zama ; mais ne concluez pas que cette dame soit dans Agra. Ce billet ne porte point de date ; il peut être écrit depuis long temps, et vous avoir été remis plus tard que Zama ne l'aurait souhaité ; d'ailleurs, où peut tendre sa jalousie ? je puis me faire accompagner d'une foule d'amis et de serviteurs ; ils me mettraient à l'abri d'une surprise, quand même je pourrais soupçonner Zama d'une action déshonorante. Belle Azeima, reprenez votre tranquillité. Mirsa-Mula vint passer la soirée dans la maison de Mirs - Mogol ; on lisait dans ses yeux, malgré lui, le trouble qui l'agitait ; Heyder s'efforçait vainement de lui persuader que son mariage pouvait avoir des conséquences heureuses pour lui ; ces raisonnemens ne diminuaient pas les noirs chagrins dont il paraissait dévoré.

Enfin, le jour du mariage arriva. Heyder s'habillait lorsque Mirsa-Mula se fait annoncer. — Mon ami, voilà des lettres de Bassora que je dois vous communiquer sur-le-champ. Heyder le pria d'entrer dans son cabinet. Vous connaissez, continuait Mirza-Mula, l'amour dont je brûle pour l'infortunée Zama ; vous savez que j'ai sacrifié pour elle mon repos et

mes plaisirs , je n'ai plus à lui sacri-
fier que ma vie ; prenez, et lisez. Heyder lut la lettre suivante.

« Je sais , Mirsa-Mula , que vous
êtes dans Agra , et que vous y voyez
Heyder-Kan ; peut-être vous a-t-il fait
le récit de son lâche procédé envers
moi. Il doit épouser incessamment
une femme qu'il me préfère. Je vous
ordonne de me venger de ce perfide.
Malheureuse que je suis ! je l'ai arraché du sein de la misère , je l'ai comblé de biens , son existence même est
un de mes bienfaits; c'est un serpent
que j'ai réchauffé dans mes bras. Per-
cez le cœur de ce monstre , vous ob-
tiendrez le mien à ce prix. Je vous demande sa tête pour preuve de votre
amour pour l'infortunée Zama. »

CHAPITRE LIX.

Combat d'Heyder et de Mirsa-Mula.

Je ne saurais balancer, vous devez m'arracher la vie, ou perdre la vôtre de ma main : Azeima et l'honneur me sont également chers, répondit Heyder; cependant, souffrez que nous remettions notre combat à demain. — C'est être beaucoup plus amoureux que brave; je serais tenté de penser que l'honneur ne vous est pas aussi précieux que vous le dites; cependant... — C'en est trop, vous verrez bientôt qu'on ne m'insulte pas impunément.

Un des esclaves d'Heyder avait remarqué dans les yeux de Mirsa-Mula une agitation extraordinaire; prêtant l'oreille, il entendit une partie de la conversation. Cet homme suivit Hey-

der et Mula jusqu'aux portes d'Agra,
et dès qu'il les eut vu prendre le chemin de la rivière, il courut chez
Azeima qu'il trouva à sa toilette. Au
récit de l'esclave, elle abandonne tout,
se jette dans une voiture, et, accompagnée de deux de ses femmes, elle
vole à l'endroit qu'on lui avait indi-
qué ; elle apperçut les combattans au
bas d'un petit vallon. Descendre de
voiture et courir à eux, fut l'affaire
d'une seconde ; son dessein était de
les désarmer en se jetant entre eux.
La vue de son amante troubla Heyder ;
Mula se précipite sur lui avec tant de
rage, qu'il lui plonge son épée dans le
corps jusqu'à la garde, la retire, et la
jette au loin.

Heyder chancelle, et tombe baigné
dans son sang aux pieds d'Azeima. Le
désespoir l'emportant dans ce moment
sur sa faiblesse, elle ramasse l'épée
sanglante, et s'avançant vers Mula :

Barbare ! il te faut encore une victime ; je te l'offre, baigne-toi dans
mon sang , rejoins deux époux que tu
viens de séparer. Mula reculant quelques pas : Vous avez raison, Madame,
il faut encore une victime ; mais c'est
pour appaiser les mânes d'Heyder. Je
suis cette victime ; c'est à moi, c'est à
la malheureuse Zama à se punir de
s'être trop vengée. Reconnaissez cette
femme infortunée aux funestes effets
de sa passion. Je suis Zama ; je viens
d'arracher le jour à mon amant dans
le barbare transport de ma jalousie.
O Heyder ! amant trop cher et si di-
gne de l'être, c'est moi qui t'assassine
aujourd'hui ; voilà donc la preuve que
ma main t'a donnée de cette flamme
immortelle dont je devais brûler pour
toi ? Cher amant ! Mais osai-je bien
encore profaner ce nom sacré en le
prononçant ? du moins je ne te sur-
vivrai pas ; je vais te venger moi-

même. Si le récit de mon crime excite l'horreur des races futures , les sentimens de la pitié se mêleront à ceux de la haine ; en me détestant , on plaindra la rigueur du sort qui me poursuivit.

En finissant ces mots , elle se perce avec l'épée d'Heyder , et vient tomber à côté de lui. Azeima , que la surprise avait rendue quelques momens immobile , allait aussi se tuer , si ses femmes n'avaient arraché de ses mains le fer qu'elle tournait contre son sein. On la porta dans sa voiture , et on la ramena chez elle.

Heyder reprit ses sens dans une maison qui lui était inconnue. Il demandait des nouvelles d'Azeima , personne ne lui en donnait ; il s'informa du lieu où il était , sans être mieux éclairci. On mit un appareil sur sa plaie. Il passa la nuit presque sans connaissance ; les seules paroles qu'il entendit prononcer le lendemain, furent l'espoir, et même l'assurance donnée par le chirurgien que sa blessure n'était pas mortelle. Il ne vit personne de ses amis ce jour-là ; mais le lendemain, Hussein se trouvait au chevet de son lit. Le voyant beaucoup mieux, il lui apprit les particularités du combat qu'il ignorait.

Mirsa-Mula, blessé à mort, avait été transporté chez l'ambassadeur de Perse, et ne donnait aucun espoir de guérison. En visitant sa blessure, on avait reconnu son sexe ; le bruit circulait dans Agra qu'Heyder-Kan s'était battu contre une femme ; il ne lui était pas avantageux. On publiait qu'Azeima était la cause de ce singulier combat. Le sultan Azum envenimait les circonstances de cet évènement, dans l'espérance qu'il pourrait se rendre possesseur d'Azeima. L'empereur avait fait défense à cette dame de sortir de chez elle jusqu'à nouvel ordre.

CHAPITRE LX.

Heyder épouse Azeima. — Schas-Achmed détrôné. — Allum - Gir monte sur le trône des Mogols.

LE secret de la convalescence d'Hey-der était si bien gardé, que rien de ce qui le concernait ne transpirait au-dehors. Personne ne doutait de sa mort à la cour et à la ville ; l'empereur en était persuadé, ou feignait de l'être. Le sultan Azum ne cachait pas la joie que lui inspirait l'issue de cette affaire. Azeima, avertie de tout par Hussein, faisait en secret ses prépara-tifs pour accompagner son époux aus-si-tôt qu'il pourrait monter à cheval. Ce moment vint. Le mariage fut cé-lébré sans cérémonie, et tandis qu'on annonçait les obsèques solem-nelles d'Heyder, les deux époux se

rendaient dans le Dekan. Ils arrivèrent à Aurengabad, dans les premiers
jours de novembre 1751.

Mousa-Fer-Zind avait été assassiné
par ses gardes peu de temps après la
défaite de son compétiteur, par trois
cents Français. Son frère, Salabet-
Zind, lui succéda dans la dignité de
souba du Dekan. Il prit le nom de Nisan qu'avait porté son père; ce nom
devint son titre distinctif, et celui de
ses successeurs à la soubadie du
Dekan.

Le nouveau souba, protégé comme
son frère par Dupleix, s'occupait alors
à faire reconnaître son autorité dans
les vastes provinces qui avaient obéi
à son père. Il promettait à Heyder de
lui aider à chasser les Anglais des
villes du Maissour et du Canara, qu'ils
occupaient et qu'ils gouvernaient sous
le nom d'un brame relégué dans Syringpatnan.

Une nouvelle révolution, arrivée dans le nord de l'Indostan, éteignit bientôt tous les sujets d'inquiétude que la cour d'Agra pouvait inspirer à Heyder. L'empereur Schas-Achmed, après avoir montré quelque apparence de vigueur au commencement de son règne, était tombé dans la même indolence qui caractérisait tous les successeurs d'Aureng-Zeb. Il s'était mis dans la dépendance des Anglais, pour échapper aux entreprises d'Abdalak, roi des Aqhuans. Ce n'était que changer d'oppresseurs ; les soubas de Bénarès et de Bengale lui offraient toutes leurs forces pour recouvrer son pouvoir usurpé.

L'infortuné monarque, sans calculer combien l'éloignement de ces secours les rendait précaires, crut pouvoir parler en maître aux Marattes : ceux de cette nation qui composaient la garde de l'empereur en-

trent dans le palais en tumulte ; Gazi,
leur chef, se saisit de la personne de
l'empereur, et lui crève les yeux. Ce
prince mourut des suites de ce sup-
plice ; ses enfans et ses ministres sont
égorgés. Le religieux attachement des
Mogols pour la dynastie tamerla-
nienne, ne permettait pas au Maratte
Gazi de s'asseoir sur le trône d'Agra;
il y plaça un parent de Schas-Achmed,
nommé *Allum-Gir-Sani*, et s'empara
de toute la puissance publique, sous
le nom de grand-visir.

———

CHAPITRE LXI.

Heyder est reconnu Roi dans le Maissour.

Heyder était alors à la tête de quinze mille hommes exercés à la tactique européenne ; on comptait parmi eux cinq cents Français et trois mille hommes d'excellente cavalerie.

Son autorité fut reconnue presque sans résistance dans la plus grande partie du Maissour. La ville de Syringpatnan lui ouvrit ses portes. Le brame, sous le nom duquel les Anglais gouvernaient cette capitale, passait pour un descendant des anciens rois du pays. Heyder, sans reconnaître ou sans contredire cette fable, prenant pour règle de sa conduite les conseils que Dupleix avait donnés à son père, feignit de reconnaître l'autorité de ce prétendu souverain ; il lui donna publiquement la qualité de rajah, le laissa dans son palais de Syringpatnan, pourvut magnifiquement à l'entretien de sa famille, lui laissa l'intendance des choses sacrées, et fixa lui-même sa résidence dans la ville de Bednore, à laquelle il donna le nom d'Heyder-Nagor.

Ce fut encore dans cette circonstance que pour obéir aux instructions de son père, Heyder fit profession de la religion musulmane, suivie généralement par les princes mogols, tandis que son frère, Moctun-Zaeb, continuait d'observer la religion des brames ; la politique ordonnait ce partage. Le roi de Maissour joignit alors le nom d'Ali à celui d'Heyder qu'il portait seul auparavant. Cependant, quoique le culte musulman lui permît l'usage de plusieurs femmes, la seule Azeima, le front ceint du diadême, fut reconnue pour reine.

Les Anglais faisaient alors dans Bombai les préparatifs de guerre les plus inquiétans. Cependant, ils ne troublaient pas les opérations d'Hey-der-Ali ; leurs armes se tournaient alors contre un célèbre pirate, nommé *Angria*, qui s'était rendu maître d'un petit pays aux environs de Bombai, et qui menaçait de les chasser de l'île de Bombai, centre de leur puissance, sur la côte de Malabar.

Le père et le grand-père d'Angria avaient fait le métier de pirates avec un grand succès. Ils fortifièrent quelques îles pour y déposer le fruit de leurs rapines : leur capitale, nommée Geriah, passait pour une place très-forte ; des milliers de vagabonds, Marattes, Indous, Mogols, chrétiens et nègres, venaient, chaque jour, augmenter cette république de brigands, assez semblable à celle d'Alger.

————

H 2

CHAPITRE LXII.

Les Anglais détruisent les corsaires de Geriah. — Mœurs et usages des Parsis, habitans de cette côte.

La côte de Malabar, depuis le cap de Comorin jusqu'à Surate, est coupée par un grand nombre de rivières qui se jettent dans la mer. Il paraît que, dès l'antiquité la plus reculée, les habitans de cette plage eurent le penchant le plus vif pour la piraterie. Ce goût du pillage passa à leur postérité. Lorsque les Mogols étendirent leur domination sur la presqu'île de l'Inde, le gouvernement entretint sur ces mers un amiral avec une flotte pour protéger, contre ces pirates et contre les pirates portugais, non moins redoutables, le commerce que faisaient les Mogols musulmans dans les golfes Persique et Arabique.

Parmi les pirates malabares, Cona-
gi Angria s'éleva par ses talens guerriers au-dessus de ses égaux. Ce fut
lui qui fonda cette république guer-
rière dont il transmit la principale
autorité à son fils et à son petit-fils.
Les empereurs Mogols, hors d'état de
soumettre ces armateurs, accordèrent
à leur chef le titre d'amiral de l'empire. A l'ombre de cette dignité, ils
attaquaient les vaisseaux de toutes les
nations qui n'achetaient pas leurs
passe-ports.

Les Angria avaient fortifié l'embouchure de toutes les rivières sur la
côte de leurs états ; ces petits ports
servaient de retraite à leurs navires,
dont il était aussi difficile d'éviter la
rencontre que de s'en rendre maître.
Leur flotte était composée de grabs
et de gallivats ; ce sont des bâtimens
particuliers à la côte de Malabar.

Les grabs tirent fort peu d'eau ; ils

sont du port de cent cinquante tonneaux; ils portent ordinairement deux
mâts. Leur forme est allongée, s'étré-
cissant depuis le milieu jusqu'à l'a-
vant, et terminés par une proue assez
semblable à celle des galères d'Europe. Comme cette construction rend
les grabs sujets à des mouvemens dangereux quand la mer est houleuse,
le pont et la proue restent lisses, afin
que la vague qui passe par-dessus
puisse s'écouler sans obstacles. Sur le
principal pont, au-dessus du château
d'avant, sont placées des pièces de
canon de douze et de neuf.

Les gallivats sont de grandes bar-
ques à rames, construites comme les
grabs, mais dont les dimensions sont
plus petites. Les plus forts sont de
soixante-dix tonneaux ; ils n'ont
qu'une petite misaine et un grand mât
qui porte une voile triangulaire, dont
la pointe hissée se trouve plus élevée

que n'est le mât lui-même. Les gallivats ne sont ordinairement couverts
que d'un pont fait de bambous suspen-
dus, pour être plus léger. Ils ne portent que des pierriers assujettis avec
des anneaux aux pièces de bois du
vaisseau. On les garnit de quarante ou
cinquante rames, avec lesquelles ils
peuvent parcourir quatre à cinq milles par heure. Huit ou dix grabs, et
quarante ou cinquante gallivats, chargés de soldats, composaient l'arme-
ment ordinaire avec lequel Angria at-
taquait les vaisseaux de la plus grande
force.

Aussi-tôt qu'un navire paraissait à
la vue d'une baie où la flotte de ces
corsaires était stationnée, ils filaient
leurs cables et se mettaient en mer. Si
le temps les favorisait, leur construction les mettait en état de voler avec
une vîtesse extraordinaire; si le temps
était calme, les gallivats remorquaient

les grabs. Quand ils étaient à la portée du canon de chasse, ils se réunissaient ordinairement à l'arrière du vaisseau qu'ils voulaient attaquer. Les grabs ne faisaient feu que lorsque les trois mâts du vaisseau ennemi se trouvaient dans une seule direction, en sorte qu'ils devaient probablement en frapper un des trois. Dès que le vaisseau était démâté, ils le battaient de toute part, jusqu'à ce qu'il fût hors de combat ; mais si la défense était opiniâtre, ils envoyaient un plus grand nombre de gallivats avec cent hommes sur chacun, et ils montaient à l'abordage, l'épée à la main.

Depuis cinquante ans, ce repaire de pirates s'était rendu redoutable aux navigateurs ; il en coûtait cent cinquante mille guinées aux Anglais pour protéger leurs vaisseaux marchands. Angria se rendait maître de presque tous ceux qui naviguaient sans es-

corte ; il s'emparait même quelquefois des vaisseaux de guerre. Il avait
attaqué, au mois de février 1754, trois
vaisseaux hollandais de cinquante ,
trente-six et dix-huit canons, qui faisaient route de conserve ; les deux
plus gros furent brûlés, le troisième
tomba dans les mains de ces pirates.

Cette conduite formait le contraste
le plus entier avec les mœurs des peuples qui habitaient dans le même pays ,
à quelque distance de la mer, à l'est
des montagnes, entre le Musi et la
Crisna ; c'étaient les descendans des
anciens Parsis , disciples de Zo-
roastre.

Forcés d'abandonner leur patrie ,
lorsque les Mahométans, devenus la
nation dominante en Perse , contrai-
gnirent les disciples des mages de renoncer à leur religion pour embrasser l'islamisme , plusieurs familles
abandonnèrent la terre où reposait la

cendre de leurs ancêtres, pour conserver leur croyance; elles se retirèrent dans une vaste presqu'île, entre l'Indus, le Padder et l'Océan; d'autres s'enfoncèrent plus avant, en suivant la direction occidentale de la chaîne des Gattes.

Ils trouvèrent, après avoir franchi le pays du Guzarate, à la gauche du fleuve Nerbedal, une immense contrée déserte et presque inhabitable, parce qu'elle était fréquemment submergée. Ces étrangers laborieux élevèrent des digues qui les défendaient contre les inondations. Ils multiplièrent prodigieusement sur une terre qu'ils avaient su rendre féconde. Les troupeaux sont leur principale richesse, et l'agriculture leur occupation la plus ordinaire. Les endroits moins humides sont plantés de cocotiers, d'aloès, de manguiers et de bois de sandal; ces arbres forment dans les
campagnes

campagnes des bosquets, dont l'ombrage est impénétrable aux rayons du
soleil.

Les Parsis habitent des maisons
faites de roseau et couvertes de feuilles
d'arbres. Tout leur commerce ne con-
siste que dans les échanges indispensables, pour se procurer des vêtemens
ou les autres choses qui leur sont absolument nécessaires, et que leur sol
ne produit pas ; ils donnent en retour
du riz, dont ils font d'abondantes ré-
coltes.

Ces peuples sont heureux autant
qu'on peut l'être sur la terre. Ils ne
connaissent pas les divisions qui font
le malheur des hommes dans presque
toutes les sociétés civilisées ; l'heureuse médiocrité qui fait leur apa-
nage, et la privation totale des métaux
précieux, assurent leur tranquillité
intérieure, et les mettent à couvert des
vexations que les autres Indous

Tome II. I

éprouvent de la part des vice-rois mogols.

Les Marattes, dont les possessions s'étendent jusqu'aux limites de celles des Parsis, du côté de l'est et du sud, respectaient non-seulement leur indépendance, mais se prêtant aux bizarreries de leurs mœurs simples et agrestes, ne conservaient avec eux que les relations commerciales les plus simples. Leurs seuls ennemis étaient les pirates de Geriah. Ces brigands, franchissant la barrière des Gattes, vers les sources de la Crisna, enlevaient leurs troupeaux, rompaient leurs digues, et brûlaient quelquefois leurs habitations. Ce peuple, auquel la guerre était en horreur, les abandonnait à leur approche, et se réfugiait dans les bois.

Les Parsis avaient eu plusieurs fois recours aux Marattes ; ils leur offraient en tribut du riz et des mou-

tons, pour les garantir de ces dévastations. Les Marattes avaient offert aux
Anglais d'attaquer Geriah du côté de
terre , lorsque les pavillons britanniques paraîtraient devant le port de
cette place; ces considérations avaient
déterminé les Anglais à abandonner à
sa destinée le rajah de Syringpatnan ,
persuadés qu'ils trouveraient aisément une occasion de troubler Heyder-Ali dans sa nouvelle possession.

La régence de Bombai chargea l'a.
miral Walson du siège de Geriah , en
1755 ; aucun Anglais de son escadre
ne connaissait la forteresse qu'on allait attaquer; on la croyait aussi forte
que Gibraltar. Le chef d'escadre James
fut chargé de la reconnaître avec trois
vaisseaux de ligne ; cet officier trouva
la flotte des pirates à l'ancre dans le
port. Cependant , il approcha de la
ville à portée du canon; il rapporta
qu'elle n'étaitpas inaccessible, comme
on le supposait.

L'escadre anglaise, composée de quatre vaisseaux de ligne, de quelques frégates, et de cinq galiotes à bombes, parut devant Geriah, le 11 février 1756; l'armée de terre était formée de huit cents Anglais, commandés par Clive, et de trente mille Marattes.

———

CHAPITRE LXIII.

Description de Geriah. — Dupleix quitte Pondichéri pour revenir en France. — Conseils qu'il donne à Heyder-Ali.

GERIAH s'élève sur un promontoire, à l'entrée d'un beau port formé par l'embouchure d'une rivière qui descend des montagnes de Belagate ; c'est un rocher baigné de trois côtés par les flots de la mer. Les fortifications qui le couronnent, consistent en une double muraille flanquée de tours rondes. La langue de terre qui joint l'isthme au continent est fort étroite, et lorsque le terrain commence à s'élargir, on trouve une grande ville sans défense ; elle est habitée par les corsaires qui ne sont pas nécessaires pour garder le port ou pour monter les vaisseaux.

Angria , épouvanté à la vue de la
flotte anglaise , laissant à son frère
la tâche périlleuse de défendre la forteresse , envoya son principal ministre au camp des Marattes pour
traiter avec eux , tandis que lui-
même venait chercher des secours
dans Bednore ; Heyder-Ali venait de
quitter cette capitale pour se rendre
à Pondichéri , auprès de Dupleix.
Son frère , Moctun-Zaeb, ne voulant
pas donner aux Anglais un prétexte
d'entrer en armes dans le Maissour ,
refusa de se mêler de cette guerre.
Cependant les manœuvres d'Angria
dévoilées au commandant de la flotte
anglaise , hâtèrent le moment de
l'attaque. Les pirates sont sommés de
se rendre , et sur leur refus , les vaisseaux anglais s'avancent sur deux
divisions parallèles , dont la plus
étendue couvrait les galliotes à bombes contre le feu du fort. Ils jettent

l'ancre vers le nord des fortifications,
et commencent à les battre à la distance de vingt-cinq toises, avec cent
cinquante pièces de gros canon. Les
galiotes à bombes faisaient jouer
leurs mortiers en même temps.

Une bombe tomba sur un des grabs
d'Angria, et y mit le feu. Les bâtimens étaient attachés tous ensemble :
cette flotte, qui répandait la terreur
sur la côte de Malabar, depuis un
demi-siècle, fut entièrement consu-
mée par les flammes, en moins d'une
heure. Les Anglais apprirent sur le
soir que la place devait être livrée
aux Marattes le lendemain. Clive,
pour empêcher l'exécution de ce projet, prit poste entre le camp des Marattes et le fort, qui se rendit deux
jours après.

On y trouva deux cents pièces de
canon, et des marchandises pour la
valeur de trois millions. Ce butin fut

la proie des Marattes; la capitale prise, tous les forts élevés par les pirates sur la côte, se rendirent presque sans résistance.

Pendant cette expédition, les directeurs de la compagnie anglaise étaient parvenus, en répandant les guinées dans Paris, à faire rappeler Dupleix, dont la présence dans l'Indostan eût toujours été un obstacle invincible à la réussite de leurs projets ambitieux.

Il fut aisé d'intimider le faible Louis XV; l'or britannique dirigeait les actions de ses ministres, de ses courtisans, de ses maîtresses. Dupleix, obligé d'obéir à des ordres dont il prévoyait les funestes résultats, voulut conférer une dernière fois avec Heyder-Ali : ce fut le sujet du voyage de ce prince dans Pondichéri.

Dupleix, dont l'esprit vaste et péné-

trant prévoyait toutes les entreprises
des Anglais, malgré les détours obs-
curs de leur politique tortueuse, prévint Heyder-Ali de presque toutes les
tentatives qui leur réussirent dans la
suite. L'Inde, lui disait le nabab français, a perdu son rang parmi les em-
pires de l'Asie; le peuple est divisé en
une foule de sectes; elles ont éteint
l'amour de la patrie. Les Indous, amollis par leurs maximes pacifiques, sont
peu capables de défendre leur territoire, qui deviendra la proie des Anglais; les Musulmans sont moins nom-
breux, mais plus aguerris; c'est à eux
qu'appartient la gloire de sauver leur
patrie.

D'après ce principe, je conseillai
à votre père de vous élever dans la religion musulmane, tandis que votre
frère continuerait de suivre celle de
Brama. Observez la même règle de conduite à l'égard de vos enfans; celui

que vous destinerez au trône doit être
musulman ; que les autres conservent
la religion des Indous ; cette politique
vous conciliera les sectateurs des deux
cultes rivaux. Le droit au trône du
Maissour, que vous tenez de votre
mère, est hors d'atteinte ; il sera cependant contesté ; on vous objectera
que votre famille n'est pas de la caste
des brames, en possession de gouver-
ner le pays de temps immémorial ; ce
préjugé se conservera d'autant plus
long-temps, que les Anglais, intéressés
à troubler votre domination, le fo-
menteront de tous leurs moyens, publiquement et en secret.

Pour l'éteindre peu à peu, donnez
des marques publiques de déférence
au rajah que vous avez établi dans
Syringpatnan ; mais, sous quelque
prétexte que ce soit, ne souffrez pas
qu'il exerce d'autres fonctions que
celles du culte public. C'est ainsi

qu'au Japon, l'empereur jouit sans
contradiction du pouvoir le plus arbitraire, en restreignant aux fonctions
ecclésiastiques les pontifes-rois dont
les ancêtres gouvernèrent cet empire
pendant vingt-cinq siècles.

Insensiblement le peuple méprisera
une idole dont il ne peut ni espérer
les faveurs, ni craindre les ressenti-
mens; alors il vous sera aisé, en confiant la suprême administration sacer-
dotale au collège des brames, d'anéantir cette vaine royauté; mais ce changement doit être l'ouvrage du temps
et des circonstances.

Vous avez raison d'accoutumer vos
troupes à la tactique européenne :
cette discipline assurera vos triomphes
sur tous les peuples de l'Indostan ;
mais de long temps vos soldats ne seront en état de résister aux soldats européens : mettez les nations d'Europe
aux prises les unes contre les autres ;

c'est par leur aide que vous vaincrez
les armées britanniques.

Mais souvenez-vous que la politique des Anglais est encore plus redoutable que la force de leurs armes. Re-
légués dans une île peu fertile, aux
bornes de l'Occident, leur prospérité
n'est fondée que sur un vaste commerce : l'Océan semble leur domaine ;
navigateurs aussi intrépides qu'entreprenans, toutes les parties du monde
sont devenues tributaires de leurs in-
nombrables vaisseaux. L'effet d'un
grand commerce est de réunir les richesses aux richesses ; mais celui de
l'Inde offre les plus solides avantages
au peuple qui s'en rendra l'arbitre.

Les Indous, amollis par leur religion et par la beauté de leur sol, s'of-
frent presque sans défense au joug
qu'on veut leur opposer ; cependant
leur excessive population suffit seule
pour les défendre contre l'invasion

dont les menaçaient des marchands
éloignés. Leurs vaisseaux ne peuvent
amener dans l'Indostan qu'un petit
nombre de guerriers qui seraient étouf-
fés par le souffle des habitans du pays,
avant de recevoir des nouvelles de
leur patrie.

Pour écarter ces sinistres présages,
les Anglais ont agité, par leurs négo-
ciations perfides, tous les princes qui
se partagent les provinces de l'empire
Mogol; employant d'une main l'or
qu'ils recueillent de l'autre, ils ont
gagné les uns, intimidé les autres.
Déjà ils commencent à goûter les fruits
de cette insidieuse politique; bientôt
leurs succès seront plus éclatans et
plus rapides; et si la compagnie française ne peut plus balancer leur cré-
dit, ce que je prévois devoir arriver
bientôt, les Anglais écraseront, et les
princes indous qui leur sont opposés
aujourd'hui, et ceux qu'ils paraissent
favoriser.

Servez-vous des mêmes armes ; les Anglais ne viendront à bout de vous vaincre qu'en désunissant les peuples de l'Inde , et en les attaquant les uns après les autres ; que votre politique soit constamment d'éteindre les sujets d'animosité qui peuvent naître parmi les puissances de l'Indostan ; soyez toujours prêt à secourir celles que les Anglais voudraient attaquer ; on s'accoutumera à vous regarder comme les défenseurs des droits du pays.

Parmi les nations européennes , les seuls Français possèdent une marine en état de balancer celle des Anglais ; ce sont des alliés naturels que le ciel vous envoie. Cette nation , si riche par son sol , et pourvue par la nature de tous les moyens de prospérité , n'a pas besoin de se livrer avec autant d'opiniâtreté que les Anglais aux calculs privatifs du commerce. Les opérations mercantiles des Anglais sont plus profondément conçues, plus vastes, plus suivies, plus favorisées par le gouver.nement, plus conformes au goût, à l'esprit, aux habitudes de la nation ; les Anglais bouleverseraient le monde, s'il en résultait pour eux quelque profit.

Le caractère des Français, au contraire, est moins l'avarice que le désir de jouir et de briller. Si leurs pavillons sillonnent l'Océan de l'Inde, s'ils ont établi des comptoirs dans la péninsule, c'est moins pour enlever les richesses des Indous, que pour contrarier les Anglais, dont ils se montrent par-tout les rivaux. Favorisez de tout votre pouvoir cette nation ; elle peut vous préserver du bouleversement dont les Anglais vous menacent ; et qui sait si vos enfans ne sont pas destinés un jour à relever le trône de Tamerlan ?

Dupleix partit de Pondichéri pour

la France , le 14 octobre 1754 ; cette
retraite fut le coup le plus redoutable qui pouvait être porté aux intérêts de la nation française dans l'Inde.
La décadence de ses affaires fut aussi
rapide que sa prospérité avait été
brillante. Le gouvernement de Pondichéri fut confié à Duval-Lerit,
homme d'un esprit aussi borné que
celui de Dupleix avait de profondeur
et d'énergie. Au lieu de continuer
quelques secours à Heyder-Ali , dont
le courage et les talens n'avaient besoin que d'un peu d'appui pour opé-
rer sur la côte de Malabar une révolution favorable à la grandeur de la
France , et peut être pour chasser les
Anglais de Bombai , une parcimonie
mal entendue le priva de ces avantages. Heyder , ami constant des
Français, leur devint inutile ; borné
à ses seules ressources, il fut forcé ,
durant plusieurs années , à défendre

avec peine ses possessions dans le Maissour et le Canara. Ce défaut de politique se montrait également à la cour de Nisan-Salabet-Zind, souba de Dekan.

CHAPITRE LXIV.

Salabet-Zind ordonne aux Français de quitter sa capitale. — La guerre éclate entre les Français et les Anglais, dans la péninsule de l'Inde.

DEPUIS long-temps les Anglais, fidèles à leur politique de diviser pour régner, employaient les machinations les plus odieuses pour semer la mésintelligence entre le Nisan-Salabet-Zind et les Français, auxquels ce prince devait sa couronne. *Bussi*, à la tête d'un bataillon français, jouissait de la plus haute considération dans Aurengabad. C'était en partie à son habileté que la compagnie française devait les magnifiques établissemens, devenus l'objet de la jalousie anglaise.

Toutes les insinuations de Bombai et de Madras ne furent pas heureuses aussi long-temps que Dupleix avait commandé à Pondichéri. Mais à peine cet administrateur abandonna-t-il l'Asie, que tous les grands de l'Etat, achetés par l'or anglais, menaçaient le souba d'une révolte générale, si les Français n'étaient pas congédiés. Salabet-Zind, sans caractère, sans volonté, tyran d'autant plus despote qu'il était esclave de ceux qu'il craignait, n'avait rien à opposer à une si puissante considération. Bussi reçut ordre de s'éloigner du camp du souba.

Dès-lors le conseil de Madras disposa de toutes les forces de ce prince, et tandis que des commissaires envoyés de Paris ne parlaient que de régler les possessions des deux compagnies sur un pied d'égalité réciproque, il est probable que les Français auraient perdu tous leurs établissemens sur la côte de Coromandel , durant les années 1756 et 1757 , si les mouvemens existans alors dans le Bengale , et qui menaçaient d'une chûte prochaine les possessions britanniques sur les bords du Gange , n'avaient forcé le conseil de Madras d'ajourner son expédition contre Pondichéri, pour voler au secours de Calcuta par terre et par mer.

Cette diversion , capable de rétablir les affaires des Français sous l'administration d'un Dupleix, était l'ouvrage de Bussi , seul homme capable de remplacer Dupleix dans l'Inde. Ce général se trouvait à la tête de près de six mille hommes Français ou Indous , exercés à la tactique européenne , appellés *Cypayes* dans l'Indostan. A la veille d'être écrasé par les forces du souba de Dekan , soutenu par l'artillerie anglaise , mais convaincu en même temps que si les

Anglais étaient obligés de quitter l'armée mogole , le souba ne voudrait
ni n'oserait l'attaquer , il forme et
exécute le projet de les forcer à la
retraite.

Le conseil de Madras avait bravé
le souba du Bengale ; Bussi lui promet
un secours d'hommes et d'artillerie,
s'il veut attaquer la ville de Calcuta ,
qui n'est pas préparée à se défendre.
Le souba accepte ces offres ; il marche sur Calcuta avec une armée de
soixante mille hommes , auxquels se
joignent un bataillon français , commandé par le major Lass , et un train
d'artillerie. Le fort *Williams* , attaqué au mois de juin 1756 , se rend
après une vigoureuse résistance. La
ville est abandonnée au pillage , et
réduite en cendres ; les Mogols en-
lèvent le trésor de la compagnie britannique ; on détruit jusqu'aux fondemens des fortifications. Deux cent

cinquante Anglais, qui avaient sur-
vécu à la prise de la place, sont enfermés dans un cachot, appellé le
Trou-noir.

Ils firent une funeste expérience
des effets méphitiques de l'air enfermé et échauffé par l'haleine des hommes. Cent vingt-trois d'entre eux
moururent en douze heures. Ceux
qui restaient, offraient tout l'argent
qu'ils possédaient à la garde qui veil-
lait à la porte de leur prison, pour
avertir le prince de leur situation.
Leurs cris, leurs gémissemens l'ap-
prennent à la multitude qui en est touchée, mais personne ne voulait se
charger d'en parler au souba.

Il dort, disait-on aux Anglais mou-
rans. Il n'était pas un seul Indou dans
le Bengale qui pensât que pour sauver la vie à cent soixante infortunés, il fût convenable de priver un
monarque d'un moment de sommeil.

Holwel , gouverneur en second de Calcuta , fut un de ceux qui échappèrent à cette contagion. On le mena , lui et ses compagnons , à Maxadabad , capitale du Bengale. Le souba eut pitié d'eux , il leur fit ôter leurs fers. Holwel lui offrait une rançon ; le prince le refusa , en lui disant qu'il avait trop souffert pour payer encore sa liberté ; c'est ce même Holwel qui ayant appris la langue des anciens Bracmanes , nous a donné des mémoires précieux sur l'Inde , et une traduction des Védams.

L'amiral Walson et le colonel Clive, vainqueurs d'Angria sur la côte de Malabar , faisaient voile pour le Bengale ; ils venaient de recevoir par la voie de la Mer-Rouge , la nouvelle que les hostilités étaient commencées entre la France et l'Angleterre ; elle fut bientôt publique , malgré les précautions qu'ils prenaient pour la cacher.

Les Français avaient alors une liberté
entière de réunir toutes leurs forces à
celles du souba du Bengale. Les Anglais prévinrent les effets de cette mesure, en offrant à Duval-Lerit, nouveau gouverneur de Pondichéri, la
neutralité entre les deux compagnies.

Le souba du Bengale, Suraja Doulah, fut défait par les Anglais; ils
disposèrent de la soubadie en faveur
d'un de ses généraux, nommé Meer
Jaffer, en se réservant un territoire
immense, et des droits si étendus,
qu'ils furent bientôt en état d'envahir la souveraineté de cette belle
région.

Suraja Doulah, abandonné par les
Français qui l'avaient précipité dans
cette guerre fatale, fuyait seul, sans
secours, sans espérances. On lui mon-
tre une grotte écartée, dans laquelle
un saint fakir se livrait aux austérités
les plus surprenantes, pour attirer
sur

sur les Indous les faveurs du ciel. Le prince y cherche un asyle. Sa surprise fut extrême, lorsqu'il reconnut dans le prétendu saint, un voleur de grand chemin auquel il avait fait couper les deux oreilles. Le prince et le fakir se réconcilièrent au moyen d'un peu d'argent ; mais pour en avoir davantage, le solitaire dénonça le fugitif à son vainqueur; Suraja fut pris et condamné à mort par Jaffer. En vain il employa les prières et les sermens pour sauver sa vie ; on lui coupa la tête, après l'avoir baigné dans le Gange, selon les rites funéraires des brames.

———— ————

CHAPITRE LXV.

Lally envoyé aux Indes par la cour de France. — Fukursir parvient au trône des Mogols.

LES Anglais cessent alors de feindre envers les Français , et Duval-Lerit reçoit le prix de son ineptie ; leur campagne du Bengale les mettait en mesure de donner la loi. Clive, gouverneur de Calcuta , ayant à sa suite toutes les forces du Bengale , commandées par Meer-Jaffer , attaque Chandernagor , le poste le plus important des Français dans l'Inde, après Pondichéri, entrepôt immense de marchandises , où Duval-Lerit avait négligé de rassembler des munitions de guerre , sous la foi d'une insidieuse neutralité. La ville fut obligée de capituler. Le 25 mars 1757 , les Anglais vendirent quatre millions les effets trouvés dans les magasins de la compagnie. Cette conquête entraîna celle de tous les comptoirs français sur le Gange. Elle mettait encore les Anglais en état de faire passer des hommes, de l'argent, des vivres et des vaisseaux sur la côte de Coromandel. La gloire qui rejaillissait sur eux de cette action brillante, détachait pour long-temps les princes mogols de l'alliance des Français. Elle assurait à la compagnie des Indes britanniques, une supériorité qu'il était bien difficile de lui ravir. C'est sur les bords du Gange que Clive fit réellement la conquête des côtes de Coromandel et de Malabar.

On s'était décidé trop tard en France, à faire passer dans l'Indostan des troupes de terre et de mer; elles étaient commandées par le général Lally et le vice-amiral Daché.

On dit que Lally était d'un caractère indomptable, presque toujours
en contradiction avec les circonstances ; qu'il n'avait reçu de la nature
aucune des qualités propres au commandement d'une colonie éloignée ;
que dominé par une imagination sombre, impétueuse, irrégulière, ses discours, ses projets, ses démarches et
son devoir, formaient un contraste
perpétuel; qu'emporté, soupçonneux,
jaloux, il inspira une défiance, un
découragement que rien ne put vaincre. On dit que ses opérations militaires, son administration civile, ses
combinaisons politiques, tout se ressentait du désordre de ses idées.

Mais on ne dit pas que la perte
de Chandernagor, avant son arrivée,
assurait aux Anglais la supériorité ;
que contraint d'agir sur la côte, tantôt sans escadre, tantôt avec une escadre inférieure à celle de ses enne-

mis , ses alliés, craignant le sort de Suraja Doulah , refusèrent de le seconder; ses troupes se révoltèrent plusieurs fois faute de paie ; tous les hommes sur lesquels il comptait , l'abandonnèrent à la fois.

Les directeurs de la compagnie avaient chargé Lally de rechercher les causes des abus qui absorbaient tous les revenus de la compagnie , et de punir les délinquans. Cette commission n'était pas populaire. Les Français ne passaient guère dans les Indes qu'avec le projet de faire une fortune aussi rapide que brillante.

Lally avait ordre de faire une enquête , pour constater et pour punir les malversations ; mais elles étaient générales : devait-il être accueilli par ceux auxquels ses recherches pouvaient être préjudiciables ? Il apprit à ses dépens, les dangers que court l'homme de bien qui veut arracher au méchant les dépouilles de ses iniquités. Les lignes se formèrent de toutes parts pour rendre ses opérations infructueuses. Ceux qui devaient coopérer avec lui pour le bien du service, prirent de concert le moyen de le faire échouer, parce qu'ils voyaient leur ruine infaillible, s'ils ne précipitaient la sienne.

Tout autre général venu d'Europe, n'eût pas mieux réussi que Lally. Le seul Bussi, après la mort de Duplessi, pouvait être chargé de la conduite de la guerre, avec espoir de succès. Il connaissait les princes mogols et les ressources qu'on pouvait en tirer ; ces ressources étaient indispensables dans un pays où l'on ne fait la guerre qu'avec des dépenses énormes.

Lally, sans connaissance du local, avait très-mauvaise opinion des princes du pays pour recourir à leur assistance ; Bussi, plus adroit, l'aurait

recherchée et obtenue dans un moment où l'issue de la guerre du Bengale attachait presque tous les princes
de la péninsule aux Anglais, par les
liens de la crainte. Les rivalités entre
Lally qui voulait être obéi sans contradiction, et Bussi qui seul aurait
commandé avec fruit dans ces contrées, furent une des causes des malheurs des Français.

Ils avaient débuté d'une manière
brillante ; à peine Lally avait pris
terre, qu'il s'empara successivement
de Goudelour, de St.-David, de Di-
vicoté, et d'une partie du Tanjaour.
Mais pendant ces expéditions, Clive
se rendait maître de tous les établissemens français sur la côte d'Orixa : le
nom de Clive fut alors porté par la
renommée jusqu'à la cour d'Agra ;
l'empereur lui envoya un éléphan,
chargé de présens magnifiques, et
une patente de nabad.

Allum-Gir ne régnait plus dans cette capitale : un détachement anglais envoyé à son secours par Clive, avait en vain tenté de le protéger contre Abdalah, vaincu par le roi des Aghuans dans les plaines de Brezar; il fut assassiné dans la maison d'un derviche musulman. Les courtisans l'avaient engagé à visiter ce derviche, pour se concilier les faveurs célestes, qu'un roi ne peut obtenir qu'en veillant continuellement sur le bonheur de ses sujets. Un coup de cimeterre fit voler sa tête, lorsqu'il se prosternait aux pieds du santon. On lui donna pour successeur Schas-Gean Fukursir, qui, n'ayant plus dans l'Indostan qu'une autorité précaire, était destiné aux plus bizarres aventures.

CHAPITRE LXVI.

Siège de Madras par les Français. — Siège de Pondichéri par les Anglais.

LES succès des Anglais sur la côte d'Orixa, avaient procuré quelque augmentation de forces à Pondichéri, parce que dans cette ville se réfugiait une partie des défenseurs des pays conquis. Lally environné d'ennemis domestiques, accablé d'inquiétudes, et privé de vaisseaux, prend la romanesque résolution d'assiéger Madras, et de chercher dans la prise de cette capitale, les ressources qui lui manquaient.

Madras est divisée en ville blanche et en ville noire; la première, plus connue sous le nom de fort St.-Georges, n'est habitée que par les Anglais. Cent

mille individus , Juifs , Arméniens ,
Mogols ou Indous , formaient la population de la ville noire ; elle fut
surprise et pillée au mois de février
1760.

Il restait à prendre le fort St.-Geor-
ges : cinq à six mille habitans de Pondichéri étaient accourus à cette expédition comme à une fete ; mais ils re-
fusaient de prendre les armes pour hâter la réussite. L'armée assaillante
était composée de trois mille Français et de six mille Cipayes ; seize
cents Anglais, et deux mille cinq cents
Cipayes défendaient le fort St.-Geor-
ges. Les assiégeans n'avaient pour artillerie que vingt canons et dix mortiers. On attendait en vain l'escadre de
l'amiral Daché , qui devait fournir un
train d'artillerie plus considérable ;
mais ce qui nuisit le plus aux travaux
du siège , fut le butin immense fait
par le soldat dans la ville noire. On

évaluait ce pillage à quinze millions. Les magasins de liqueurs fortes qu'on avait trouvés , entretenaient parmi les troupes l'ivrognerie , et tous les vices dont elle est le germe.

Enfin une escadre est signalée en mer ; Lally qui ne doute pas que ce ne soit Daché , ordonne un assaut général. L'espoir commençait à renaître , lorsque six vaisseaux de ligne entrent dans la rade avec pavillon britannique. C'était une division de la flotte de Bombai, qui apportait à Madras des renforts d'hommes et de munitions. A cette vue , l'officier qui commandait la tranchée , la quitta. Il fallut lever le siège à la hâte , et se préparer à défendre Pondichéri.

Lally trouva dans cette ville des ennemis qui lui voulaient plus de mal que les Anglais ne pouvaient lui en faire. On l'accablait de reproches , de lettres anonymes , de satyres de toute espèce. Le chagrin le jeta dans une maladie opiniâtre, et au lieu de consolation, on lui insultait encore. Les placards les plus outrageans se trouvaient affichés chaque jour aux portes de sa maison par des mains invisibles; ces insultes le blessaient si profondément, que les organes de son cerveau parurent dérangés. La colère, l'inquiétude produisent quelquefois ces tristes effets. On dit qu'un prince mogol, réfugié dans Pondichéri, ayant vu plusieurs fois sur son lit le général français absolument nu, chantant la messe et des pseaumes, demandait si c'était l'usage en France, que le roi choisît un fou pour le représenter dans les provinces éloignées.

Pondichéri fut bientôt assiégé par une armée anglaise de quinze mille hommes, et par les flottes réunies des amiraux Walson et Pokok, composées de seize vaisseaux de ligne.

Cette ville, dans une circonférence d'une lieue, renfermait soixante et dix mille habitans; quatre mille étaient Européens : on y comptait environ dix mille Mogols, Mahométans ; le reste se composait d'Indous, dont quinze mille professaient le christianisme, et tous les autres la religion des brames.

Les rues de la ville, la plupart fort larges et alignées au cordeau, étaient bordées de deux rangs de grands arbres, dont l'ombrage répandait une fraîcheur bien précieuse sous ce climat brûlant. On voyait des pagodes, des mosquées à côté des églises chrétiennes ; des édifices indiens, et d'autres d'une architecture européenne. Le palais du gouverneur passait pour le plus superbe édifice de la péninsule. On rencontrait à la fois, dans les rues, des palanquins, des carrosses, des bœufs, des chameaux, des chevaux, des éléphans ; le manteau des brames, le · turban des Musulmans, le vêtement cynique des fakirs, se trouvaient confondus avec nos modes européennes. Pondichéri ressemblait à un marché immense où l'on était venu des quatre parties du monde ; on y trouvait réunis les goûts de toutes les nations, les productions de tous les climats ; on y rencontrait l'Europe au milieu de l'Inde, et l'Inde au milieu de l'Europe.

La place était régulièrement fortifiée par un rempart, des fossés, des bastions, des glacis ; elle jouissait d'une rade assez bonne ; les vaisseaux pouvaient mouiller près du rivage, sous la protection du canon des remparts. Cet avantage lui était alors inutile. La ville n'avait aucun vaisseau pour sa défense.

Un sable stérile environne Pondichéri. Au bord de la mer, le terrain devient meilleur à quelque distance du rivage; il est propre à la culture du riz , de quelques plantes légumineuses , et d'une racine nommée *chaya-ver* , qui sert aux teintures. Deux faibles rivières inutiles à la navigation , fournissent des eaux excellentes ; on assure qu'on pourrait en profiter pour creuser un port dans les fossés de la ville. A trois milles de la place , s'élèvent des côteaux verdoyans; ils servent de guides aux vaisseaux ; avantage inestimable sur une côte généralement basse. Un étang d'une immense étendue , creusé depuis plusieurs siècles à l'extrémité de ces côteaux, y rassemble les eaux courantes dans la saison pluvieuse , et , après avoir fertilisé les plaines , forme une des rivières qui arrosent les environs de Pondichéri.

La ville se défendit pendant neuf mois. La famine força enfin les habi-

tans d'ouvrir leurs portes, le 15 janvier 1761 ; ils reçurent ordre de sortir de la ville dans trois mois, et d'em-
porter leurs effets. On se plaignit vainement de ce procédé inhumain. Pondichéri livré aux flammes, fut réduit
en un monceau de ruines.

CHAPITRE LXVII.

*Possessions rendues aux Français
à la paix. — Etendue des Etats
d'Heyder-Ali en 1763.*

L<small>E</small> retour de la paix , en 1762 ,
vint consolider les victoires des Anglais. Ils rendirent à leurs ennemis,
dans le Bengale , Chandernagor , à
condition que les fortifications n'en
seraient pas relevées ; sur la côte de
Coromandel , Pondichéri , Karikal ,
Yanaun , et un comptoir dans Masu-
li-Patnan. La France n'était pas
mieux partagée dans le Malabar ; elle
possédait sur cette côte , depuis 1722,
la ville de Mahé , à l'embouchure de
la rivière qui porte le même nom.
Les Français , à l'aide de six mille
Indous, cultivaient sur cette plage
une assez grande quantité de poi-

K. 2

vriers, lorsque les Anglais se rendirent maîtres du fort, en 1760. L'esprit de destruction qu'ils avaient dé-
ployé dans leurs autres conquêtes,
les suivit sur la côte de Malabar.

Ils voulaient détruire toutes les
maisons de Mahé, comme ils avaient
détruit celles de Pondichéri. Heyder-
Ali réussit avec beaucoup de peine
à leur faire changer de résolution ;
tout fut sauvé, à l'exception des fortifications que les Anglais s'obstinèrent
à démolir. Les Français, en rentrant
dans Mahé, à la paix, trouvèrent
la ville absolument ouverte ; la plupart des Indous l'avaient abandonnée
pour se retirer dans la ville anglaise
de Tallichery.

Les Anglais s'appercevaient dès-
lors qu'Heyder-Ali formerait l'obstacle le plus redoutable à leur projet
de dominer exclusivement dans la
péninsule de l'Inde ; ils résolurent

d'anéantir cette nouvelle puissance, avant qu'elle fût entièrement conso-lidée. Ce fut désormais le but cons-tant de leur politique ; ils échouèrent dans tous leurs projets, pendant la vie de ce prince, et pendant les pre-mières années de celle de son fils, le célèbre et malheureux Typoo-Zaeb ; mais pendant la révolution de France, cherchant des prétextes qui ne man-quent jamais aux envahisseurs, ils s'emparèrent de Syringpatnan, le 4 mai 1799 ; Typoo-Zaeb fut tué en se défendant, et son royaume passa sous la domination de ses ennemis.

Heyder-Ali avait été le seul prince mogol qui restât dans l'alliance de la France, lorsque Lally commandait à Pondichéri. L'éloignement et la diffi-culté des chemins ne l'empêchèrent pas de lui envoyer tous les secours dont il pouvait disposer sans com-promettre le Maissour. Ces secours auraient contribué à faire lever le siège de Pondichéri, si les escadres françaises se fussent montrées sur la côte. Devenus inutiles, Moctun-Zaeb, frère de Heyder-Ali, et Hussein, qui commandaient ces forces, emmenèrent avec eux à leur retour une partie de la cavalerie française qui n'avait pu entrer dans la ville. Un grand nombre d'officiers et de soldats français s'enrôlèrent alors sous les drapeaux d'Heyder ; il se vit en état de jouer un rôle principal sur la côte de Malabar.

Les Etats d'Heyder ne s'étendaient, en 1762, que des environs de Mahé à l'embouchure d'une petite rivière qui coule à huit milles au-dessus de Barcelor. Leur longueur étaient d'environ cent cinquante milles sur la côte ; mais les montagnes qui les resserraient, ne leur laissaient qu'une largeur moyenne de cinquante milles.

Au retour de Moctun-Zaeb, toutes les provinces qui avaient fait partie des royaumes de Maissour et de Canara, rentrèrent sous son obéissance : son empire comprit une étendue de trois cent milles, du cap de Comorin à la rivière de Goa, sur une largeur de cent milles, de l'est à l'ouest ; sa population était de douze millions d'habitans, et son revenu de cent millions. Les Anglais furent contraints de le reconnaître eux-mêmes en qualité de roi de Maissour et de Canara, pour éviter qu'il n'attaquât la ville de Tallichery, située sur la côte de ses Etats.

CHAPITRE LXVIII.

La Compagnie Anglaise devient souveraine du Bengale.

La compagnie anglaise dominait alors sans rivale, sur les côtes d'Orixa, de Coromandel et de Malabar; mais sur les bords du Gange, sa prospérité prenait un caractère encore plus imposant. Le phénomène historique le plus extraordinaire s'opérait; une compagnie de marchands, sans abandonner les opérations mercantiles, allait devenir souveraine d'un vaste empire.

Maîtres, par le sort des armes, d'une partie du Bengale, les Anglais se persuadaient que la reconnaissance de Meer-Jaffer leur devait soumettre le reste de cette vaste région. Ils déployaient déjà ce machiavélisme destructeur, dont l'abus effrayant causa dans la suite la subversion de ce riche pays. Jaffer s'appercevant qu'on ne voulait lui laisser que l'ombre de l'autorité souveraine, travaillait secrètement à secouer le joug dont on l'accablait. Il fut arrêté à Maxadabad, dans son propre palais par ordre du comité secret *de Calcuta*. Les Anglais donnèrent sa place à son gendre Coffen Ali-Kan, et le réduisirent à une nullité absolue.

Hasting, qui jetait alors les fondemens de sa célébrité en Angleterre et dans les Indes, résidait auprès de lui en qualité d'ambassadeur de la compagnie, et gouvernait ses États sous son nom, ou plutôt sous les ordres du conseil de Calcuta. Coffen Ali-Kan souscrivait aussi peu volontairement que son prédécesseur à cet ordre de choses. Une principauté, fondée sur la protection des mar-

chands anglais , lui paraissait aussi
humiliante que précaire ; il se croyait
en droit de commander à des troupes
qu'il payait. Cependant, chaque soldat anglais affectait la plus entière
indépendance ; les officiers leur donnaient l'exemple de l'insubordination.
A peine s'écoulait-il un jour où l'on
ne saisît pas les plus légères occasions
d'avilir la dignité du souba , et de lui
faire sentir qu'il n'était que le com-
mis de la compagnie.

Coffen , environné d'entraves et de
surveillans , s'était décidé à conqué-
rir , par des voies indirectes , son pouvoir usurpé : renonçant tout-à-coup
aux jouissances du luxe si recherchées
dans les Indes , la réforme la plus rigoureuse fut introduite dans sa maison ; trouvant des ressources dans
cette épargne , il les employait à dis-
cipliner quelques régimens de cavalerie et d'infanterie à la manière européenne :

ropéenne : il abandonna le séjour de
Maxadabad, à cause du voisinage de
cette ville avec celle de Calcuta, et
fixa sa résidence à Manghir, deux
cent milles plus loin en remontant le
Gange. Cette place fut fortifiée avec
soin; il incorpora, dans sa milice,
les Européens vagabonds, les déser-
teurs et les Cipayes, auxquels les Anglais donnaient leur congé. Les Anglais commencèrent à redouter l'esprit d'entreprise d'un prince endurci
aux fatigues des camps, et qui joi-
gnait à la valeur d'un soldat et à la
sagacité d'un homme d'état, une profonde connaissance des ressources du
pays.

Hasting proposait de gagner ce
prince, en mettant un terme à des
procédés injustes, qui exposaient la
compagnie à la guerre la plus sanglante; mais la majorité du conseil
de Calcuta penchait pour la guerre,

qui ruine les états et enrichit les particuliers entreprenans. Ellis , chef
d'un comptoir voisin , voulant rendre
toute conciliation impossible , surprend Patna, grande ville de commerce , bâtie sur le Gange , à cent
milles au-dessous de Manghir. Les
assaillans étaient trop avides de butin,
pour recueillir aucun avantage réel
de ce succès.

Pendant qu'ils se livraient sans défiance à tous les excès qui suivent la
conquête d'une ville emportée d'assaut , le gouverneur de Patna, revenu de sa première surprise , et recon-
naissant le petit nombre d'Anglais
auxquels il avait affaire , rentre dans
la place. Les Anglais sont tués ou
faits prisonniers ; un agent de Calcuta avait été assassiné dans Maxadabad , à la nouvelle de la surprise
de Patna. Le conseil de Calcuta fit de
ce meurtre le sujet de sa déclaration

de guerre , quoiqu'il fût une suite de l'attaque d'une ville dans laquelle plusieurs milliers d'individus inno-cens et industrieux étaient devenus victimes de la férocité du soldat an-glais.

Coffen Ali-Kan est attaqué par quinze mille Anglais , protégés par l'artillerie la plus redoutable , et ani-més par la perspective du plus riche butin. Tous ses efforts pour se dé-fendre sont vains ; il est contraint de se réfugier , le 5 décembre 1765, dans les états du souba de Bénarès.

Les Anglais étaient alors les maîtres du Bengale , par le droit de conquête; mais , soit que la crainte d'être pro-chainement troublés dans leur pos-session , par le souba de Bénarès, ou que le conseil de Calcuta n'osât en-core heurter de front les usages re-çus dans les Indes , le Bengale ne fut pas alors réduit en province anglaise,

Les vainqueurs tirèrent le vieux Meer-Jaffer de sa prison, et le saluèrent souba.

Toutes les puissances de l'Inde sentaient alors, par une fatale expérience, de quelle nécessité pour la liberté publique, était une balance de pouvoir entre les Anglais et les Français. Tant que cette balance salutaire avait subsisté, les deux compagnies rivales, obligées de s'observer mutuellement, ménageaient les habitans du pays. Cette balance n'existait plus ; les Anglais, maîtres de la mer, ne cachaient plus leurs projets destructeurs ; leurs vaisseaux transportaient rapidement d'une côte sur une autre les troupes nécessaires pour exécuter successivement les plus vastes expéditions. Toutes les forces britanniques du Coromandel et du Malabar inondaient le Bengale, en 1764 ; elles étaient commandées par les Clive , les Monro , les Coottes , et brûlaient de la soif insatiable des ri-chesses.

CHAPITRE LXIX.

L'Empereur Fukursir chassé de ses Etats, se réfugie à Bénarès. — Traité d'Halla-Habad.

L'EMPEREUR Fukursir, chassé d'Agra par les Marattes et les Patanes réunis, venait de se réfugier à Bénarès avec sa famille. Ce prince fugitif conservant dans ses malheurs la majesté de l'empire, ne voyait, qu'en frémissant, un petit nombre d'aventuriers venus des extrémités de l'Occident, pour achever d'anéantir une vaste et florissante monarchie, dont les Persans, les Marattes et les Patanes avaient ébranlé les fondemens antiques.

Persuadé que dans cette circonstance désespérée, la fortune lui offrait un moyen de rétablir quelques

rayons de sa gloire éclipsée, il prend
le parti de faire expédier à Abdalah,
à Heyder-Ali, et à la régence des
Marattes, des firmans impériaux qui
légitiment leur puissance, à condition qu'ils prendraient les armes de
concert pour chasser les Anglais du
Bengale. Le souba de Bénarès est pro-
clamé grand-visir; les brames, dont
la principale académie existe, de
temps immémorial, dans cette an-
tique métropole, publient hautement
que les temps sont venus d'expulser,
des bords du Gange, de profanes
et sanguinaires étrangers qui souillent
la pureté des eaux sacrées de ce fleuve.
Les peuples, électrisés par l'enthou-
siasme religieux, s'arment de toute
part; mais leur courage est trahi par
la fortune.

La dispersion de l'armée avait frappé de terreur le faible Fukursir. Il
quitta Bénarès, lorsque les Anglais

approchaient de cette ville. Le souba, craignant que le sanctuaire de la religion des brames ne fût pris d'assaut, et que les Anglais ne profanassent les mystères de ce culte, dont l'antiquité se perd dans la nuit des temps , offrait des trésors immenses pour en écarter les ennemis ; le sort des combats devait encore décider cette contestation. Deux fois les faibles Indous affrontèrent en bataille rangée la tactique anglaise , et deux fois leurs bataillons sortirent de cette lutte inégale , sans avoir été rompus ; mais au moment où les Anglais les attaquaient une troisième fois avec un renfort qui arrivait de Madras , ils prirent la fuite avec précipitation ; les affaires du souba de Bénarès furent alors aussi désespérées que celles du souba du Bengale.

On traita de la paix à Halla-Habad, le 3 août 1765 ; les Anglais rendaient

au souba de Bénarès ses états ,
moyennant une somme de huit millions pour les frais de la guerre. L'empereur Fukursir leur cédait le Bengale en toute souveraineté. A cette
condition , ils lui promettaient de le
ramener dans Agra , et de le rétablir
sur le trône de ses pères ; mais cette
promesse fut bientôt oubliée. Munis
d'un titre qui légitimait leur usur-
pation aux yeux des peuples, les Anglais représentèrent à l'empereur que
les circonstances ne leur permettaient
pas de commencer une nouvelle
guerre qui demandait d'immenses
préparatifs. Ils lui assignèrent la ville
d'Halla-Habad pour sa résidence, et
pour subsister, les revenus d'une province aux environs de cette ville ; ils
montaient à trois millions; c'est tout
ce qui resta à la maison tamerlane, des
trésors accumulés par cette dynastie,
depuis quatre siècles et demi : Fukur-

sir mourut à Halla-Habad en 1770,
laissant le vain titre d'empereur des
Indes à son fils Schas Allem , qui régnait encore lorsque la révolution de
France s'annonça. Il eut les yeux
crevés par ordre de son ministre :
Schas-Zadah règne aujourd'hui ; la
dynastie de Timourlenk paraît au moment de finir en lui.

CHAPITRE LXX.

Mode de gouvernement adopté par les Anglais, dans le Bengale.

LA puissance souveraine, exercée par une compagnie de marchands, sur un pays plus vaste que les îles britanniques, est une singularité politique dont les annales du monde ne renferment aucun exemple. La manière dont cette compagnie administre son territoire, est encore quelque chose de plus extraordinaire. Ce fut un gouvernement dégradé, incohérent, dans lequel les agens de la compagnie, marchands par état, portant dans l'administration publique l'esprit du négoce, n'avaient d'autre but que d'enlever tout l'argent des malheureux Indous, sans s'inquiéter de leur sûreté, encore moins de leur bonheur.

Une tyrannie méthodique rempla-
ça le pouvoir arbitraire exercé par
les princes du pays ; les exactions devinrent générales et régulières. On
perfectionna l'art perfide des mono-
poles, toutes les sources de la félicité publique furent corrompues ; on
employa un genre de despotisme
dont il n'existe aucun objet de com-
paraison parmi les nations barbares
ou civilisées.

Un comité souverain du Bengale
paraissait reconnaître l'autorité d'un
souba qu'il avait établi dans cette
vaste contrée : ce souba continuait à
tenir sa cour dans Maxadabad. Les
actes publics, délibérés dans le conseil
de Calcuta , paraissaient émanés de
lui ; mais ce fantôme de souverain ,
que les Anglais payaient et déposaient
à leur gré, n'avait pas le moindre cré-
dit ; la compagnie anglaise formait sa
maison, réglait sa dépense, le retenait

captif dans son propre palais ; elle remplissait sa cour de satellites publics et secrets, s'assurait de ses domestiques, et transformait en espions de sa conduite privée la plupart de ceux qui le servaient.

Son objet, son unique objet, en feignant de conserver les formes antiques, était d'exercer les plus énormes vexations, et de rejeter sur un autre ce que cette conduite présentait d'odieux.

Lorsque les Français, les Danois, les Hollandais s'adressaient au conseil de Calcuta pour le redressement de quelque grief, il offrait sa protection, sous le nom d'influence, faisait rejeter par un monarque fantastique les demandes qu'il ne voulait pas accorder, et refusait avec art d'avouer l'autorité de la compagnie, en attendant que les années eussent consolidé ses nouveaux droits.

Les Indous avaient entendu parler
de l'impartialité des lois anglaises :
ils comparaient les avantages dont
jouit un Anglais, sous un gouvernement qui réunissait les douceurs de la
liberté à la pompe de la monarchie,
avec l'esclavage politique établi dans
l'Indostan ; ils avaient appris, avec
admiration, que la constitution britannique protégeait les droits de chaque individu ; que le prince, ni ses
nobles, ni ses soldats, ne pouvaient
dépouiller le moindre particulier d'aucune portion de ses biens ; que dans
toutes les occasions, les hommes
étaient jugés par leurs pairs ; que le
rang du coupable, loin de lui procurer
sa grace, ne servait qu'à le faire punir
d'une manière plus exemplaire.

Ces impressions disposaient un
grand nombre d'Indous à favoriser les
entreprises britanniques, dans l'espoir
qu'il leur serait avantageux de chan-

ger de maîtres , que l'établissement
des lois et des coutumes observées sur
les bords de la Tamise , seraient une
suite de la révolution ; ils furent bientôt cruellement détrompés.

A peine l'autorité des Anglais fut
reconnue dans le Bengale , que tout
esprit de modération et d'équité sem-
bla les abandonner : les principes, les
mesures, les vues de l'ancien gouvernement disparurent, sans être rempla-
cées par aucune innovation favorable
aux colons; les formes vénérables ,
consacrées par les siècles, disparurent,
sous prétexte d'une réforme nécessaire. Le but manifeste de la compagnie fut d'envahir et de tromper ; le
glaive était le seul droit qu'elle recon-
naissait ; la conduite du conseil de
Calcuta accoutumait les Indous à ne
regarder aucun moyen comme illégi-
time pour conserver les biens acquis
par la violence.

Un pouvoir qui agissait ainsi, sans être restreint par aucun esprit de justice au-dedans, et par aucune autorité supérieure au-dehors, ne pouvait être considéré, par les princes de l'Indostan, que sous le point de vue d'un gouffre fatal qui menaçait d'engloutir tout ce qui l'approchait, et contre lequel il n'existait d'autre préservatif que l'éloignement.

Lorsque les princes Mogols ou Indous gouvernaient le Bengale, le despotisme qui régnait dans tout l'empire était du moins un système fondé sur des maximes tirant leur origine des habitudes du peuple. Une religion analogue aux idées morales du pays, le consacrait, et l'avait transmis sans altération à travers la filière des siècles. La valeur des institutions politiques ne saurait être appréciée que par le degré de prospérité générale et de paix intérieure qu'elles sont en pos-

session de produire et d'assurer. L'Indostan était très-riche , très-peuplé ,
heureux et paisible sous l'administration des princes Indous ou Mogols.

Tout le poids du despotisme et de
l'oppression ne tombait que sur quelques individus dont l'opulence pouvait tenter la cupidité des princes ou
de leurs ministres; mais l'agriculteur ,
le manufacturier , l'artisan, le ma-
nouvrier, n'avaient rien à redouter
des intrigues des cours ; ils vivaient
en paix au milieu des guerres générales ou particulières.

Telle était la force ou la sainteté
des institutions anciennes de l'Indostan , qu'on voyait les fermiers labou-
rer tranquillement leurs champs , tandis qu'il se livrait une bataille dans
la plaine voisine. Les innovations
nombreuses qui distinguaient le pouvoir de la compagnie britannique ,

L 2

n'avaient pour base aucun de ces objets primitifs et essentiels de tout bon gouvernement ; les malheureux Indous n'étaient défendus contre les invasions et les déprédations du dehors, que pour assurer aux agens de la compagnie un monopole qui procurât des richesses incalculables aux Clive, aux Hastings, mais qui opérât la ruine du Bengale.

Sous le règne des empereurs Mogols, les soubas qui gouvernaient les grandes provinces, sous l'autorité impériale, se trouvaient forcés, par la nature de l'institution politique, d'abandonner la perception des revenus publics aux nabads qui régissaient, sous leurs ordres, les différens pays dont chaque soubadie était composée. Les nabads chargeaient à leur tour des recouvremens territoriaux les paleagars et les zemingars, gouverneurs de petits cantons, qui sous-affer-

maient à d'autres Indous , et ceux - ci
à d'autres encore ; de sorte que le
produit des terres se consumait en partie dans une multitude de mains inter-
médiaires avant d'entrer au trésor du
souba , qui n'en rendait qu'une petite
partie à l'empereur.

Dans cet ordre de choses se glissait ,
sansdoute, une foule d'injustices et de
vexations particulières ; mais il était
essentiellement utile à la masse du
peuple, en ce que les fermiers de la
dernière classe ne changeaient presque jamais : le prix des fermages va-
riait peu , parce que la moindre augmentation ébranlant cette chaîne où
chacun trouvait graduellement son
profit, aurait opéré une révolte.

On percevait les deniers publics
d'une manière presque invariable.
L'émulation subsistait. Les cultiva-
teurs, assurés de conserver les pro-
duits de leur récolte, en payant exac-

tement le prix de leurs fermages, et
de n'être pas expulsés, secondaient
par leur travail la fécondité du sol.
Les tisserands, maîtres du prix de
leurs ouvrages, libres de choisir l'a-
cheteur qui leur convenait le mieux,
s'attachaient à perfectionner ou à donner plus d'extension aux objets de
leur commerce. Les uns et les autres,
tranquilles sur leur subsistance, se livraient avec joie au plus doux penchant de la nature; ils ne voyaient
dans l'augmentation de leur famille,
qu'un moyen d'étendre leur aisance.
Telles furent les causes de ce haut degré auquel l'industrie, la culture et
la population s'étaient élevées dans
les Indes.

Les Anglais changèrent cet ordre
de choses, sur lequel reposait essentiellement la prospérité du pays dont
ils avaient acquis la souveraineté. Peu
contens de percevoir les revenus pu-

blics sur le même pied que les soubas
du Bengale, ils voulurent à la fois
augmenter le produit de la ferme, et
s'en approprier les bénéfices. Pour
remplir ce double but, la compagnie
se rendit fermière de son propre souba ; elle se substitua peu-à-peu aux nabads, aux paleagars, aux zemingars,
et aux autres fermiers généraux.

Un usage immémorial assurait aux
agriculteurs la possession de leurs
baux à ferme, aussi long-temps qu'ils
seraient fidèles à leurs engagemens.
On viola indirectement cet usage sacré. Au commencement de chaque
année, qui commence au Bengale à
l'équinoxe du printemps, on célèbre
une fête appelée *Pooné*. Le conseil
de Calcuta fixait à cette époque la
somme que devaient payer les différens fermiers pendant cette année.
Ces sommes variaient perpétuellement ; ainsi les infortunés Indous

voyaient les émolumens de leur culture limités dans le cours d'une seule
saison.

Ils se soumettaient à cette dure loi,
plutôt que d'abandonner leurs terres
natales, et les champs qu'avaient cul-
tivés leurs ancêtres ; mais bientôt entièrement ruinés par les augmenta-
tions successives dont on surchar-
geait chaque année leurs redevances,
ils étaient contraints à quitter leurs
villages, pour chercher dans d'autres
contrées des établissemens plus solides et moins onéreux.

La compagnie ne s'en tint pas à ces
vexations intolérables. Des édits furent publiés, dans lesquels il était
statué, que tous les baux et tous les
autres contrats civils, seraient nuls à
une certaine époque ; que des impôts
inconnus seraient établis sur les denrées de première nécessité. Ces impôts montèrent au tiers de la valeur

de ces denrées. Les Anglais s'appro-
prièrent encore le droit d'emmagasi-
ner à leur gré toutes les denrées de
première nécessité , pour les vendre
ensuite aux taux qu'ils y mettraient
eux-mêmes : alors la compagnie jouit
de la vente exclusive du sel , du tabac
et du bétel , objets de première nécessité dans le Bengale.

Le même esprit de fiscalité enve-
loppait les manufactures. La compagnie, pour s'assurer le produit de toutes les toiles, et pour forcer ensuite
les négocians des autres nations qui
voudraient commercer dans l'Indostan , à prendre d'eux ces marchandises à des prix excessifs , ou à renoncer à leurs spéculations , défendirent
aux tisserands de vendre leurs ouvrages à des marchands d'autres nations,
avant que les commissions anglaises
fussent remplies ; et en même temps
ils commandèrent plus de marchan-

dises que le Bengale n'en pouvait fournir. Ainsi , les ouvriers n'ayant plus la liberté de choisir entre plusieurs acheteurs , étaient forcés de livrer le fruit de leur travail pour le prix que les Anglais voulaient en donner.

On exerça de si étranges cruautés pour extorquer aux fabricans les marchandises de leurs manufactures, et particulièrement envers ceux qui travaillaient aux soieries , que plusieurs de ces malheureux se coupaient le pouce , pour n'être plus forcés à un travail qui les exposait à tant d'exactions.

Enfin , si les soubas , les nabads et autres fermiers généraux des terres vexaient les Indous , l'argent qu'ils en tiraient restait du moins dans le pays ; rentrant dans la circulation par tous les canaux du luxe , il contribuait à maintenir la prospérité publique :

l'empressement

l'empressement, au contraire, de tous les employés de la compagnie, grands ou petits, à transporter leur fortune en Europe, enlève perpétuellement les métaux précieux ; cet inconvénient est devenu peu-à-peu si sensible, que dans un Empire où s'engloutit l'or de l'Europe et de l'Asie, les charges publiques ne pouvant plus être payées en métaux, le conseil de Calcuta fut obligé d'établir, en 1783, une banque dont les obligations ont cours de monnaie dans le Bengale, et suppléent au manque de numéraire.

Une oppression si générale devait être accompagnée de violences ; aussi fallut-il souvent recourir à la force des armes pour mettre à exécution les ordres du conseil de Calcuta. On ne se bornait pas aux exécutions militaires contre les Indous assujettis. L'appareil de la guerre se renouvella de

Pagination incorrecte — date incorrecte

NF Z 43-120-12

toute part dans le sein de la paix. Les Européens accusés de faire le commerce en contrebande avec les habitans du Bengale, étaient exposés à des insultes qui ressemblaient à des hostilités, sur-tout les Français de Chandernagor, qui, malgré leur faiblesse, excitaient encore la jalousie de leurs rivaux.

FIN DU SECOND TOME.

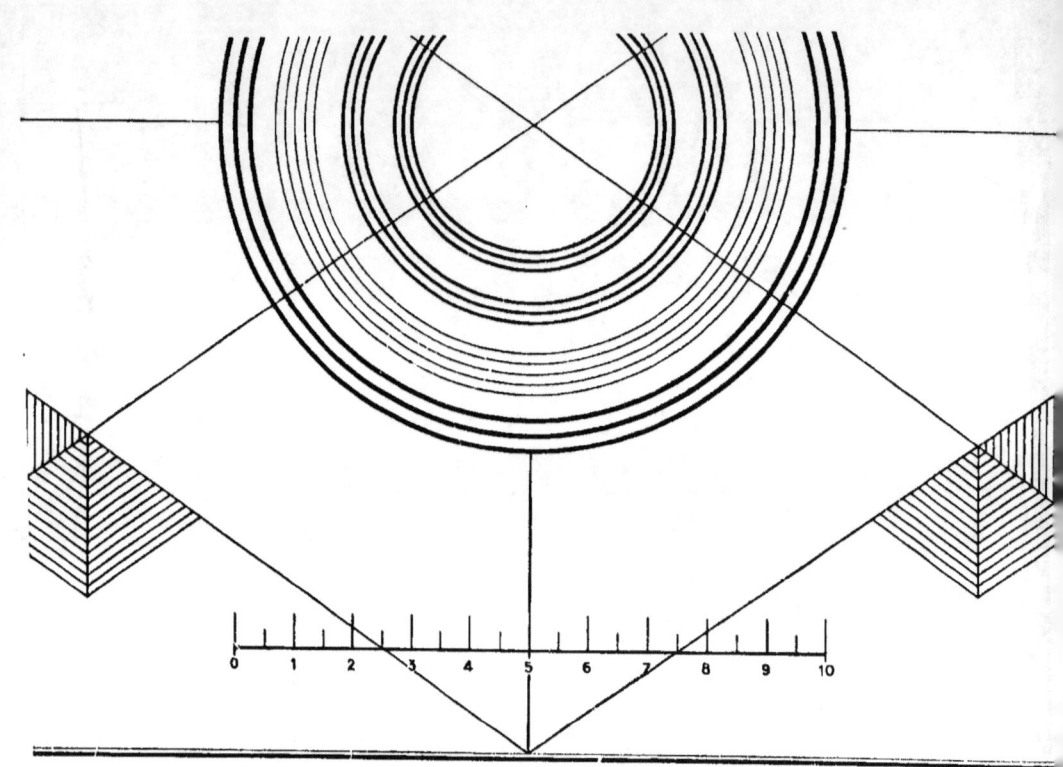

SERVICE PHOTOGRAPHIQUE

www.ingramcontent.com/pod-product-compliance
Lightning Source LLC
Chambersburg PA
CBHW071822020726
47502CB00004B/1208